—————— 想象，比知识更重要

幻象文库

飞翔的孔雀

[日]山尾悠子 著
玉蟲 译

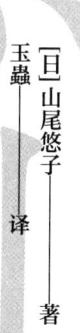

新星出版社　NEW STAR PRESS

目 录

1	I 飞翔的孔雀
3	柳小桥一带
7	大福寺、樱、千手观音
12	东 山
22	三角点
33	火种小贩
36	岩牡蛎、低温烹饪
46	飞翔的孔雀、运输火的女人 I
49	飞翔的孔雀、运输火的女人 II
105	II 关于不燃性
107	过 渡
114	睡 眠
124	受 难
136	吸烟者们

目 录

150　头骨实验室
163　井
171　盗窃
181　奖券
189　修炼酒店
203　台阶
221　(伪) 灯火
223　云海
232　归程 I
237　归程 II
242　归程 III
246　灯火
249　后记：从深川浅景到宇宙梦
260　泉镜花文学奖　获奖纪念演讲

I 飞翔的孔雀

柳小桥一带

西卜来山的采石场发生事故以后，火就变得难以燃烧。

不仅听大人们这样说，少女兔惠也觉得事情正是如此，火的确变得很难点燃。但这火也并非完全无法点着，只是火苗慢吞吞地抗拒燃烧。虽说春日已至，已经不需要再生火取暖，但兔惠常常听到祖母因点不着烟在屋里咋舌。而对少女兔惠来说，最为困扰的是如何做饭。单是用炭炉生火就需要挑选一处风水宝地。兔惠曾为了生火跑到高处尝试，不行则又去往地势低的地方。不仅如此，她发现除地势的影响外，在不同的日期，不同的时刻，生火的难易程度也不尽相同。这让兔惠非常为难。兔惠曾因为狭窄的厨房内空气不足，把炭炉搬到室外的晾衣场来生火。这晾衣场像一艘颠簸的小船，而兔惠则像坐在船尾，一边感受着湍急的河流在她脚底往下游涌动，一边用火箸来伺候那难以点燃的炭炉。晾衣场坐落在从河岛最南端延伸出来的狭窄一隅，只是稍微涨水，水就会漫过这里。晾衣场无数次经历污水的浸泡，瘢痕累累，地板在湍急的水流中摇晃，似乎连承受兔惠与炭炉的重量都有些勉强。

兔惠的头顶是一段桥梁，而在她身后，一些小屋呈阶梯状杂乱地分布着。这些房屋之间拥挤得不留空隙，只有一条条脚手架似的木板小路供人们行走。兔惠知道这些小屋被叫作棚屋。与之相映成趣的是一座座横亘在棚屋旁的石桥，石桥上的柳木阑干与石灯笼，一排排近来似乎变得黯淡的浑圆玻璃街灯，以及河面上微微颤动的枝叶倒影——京桥、樱桥、小桥、中京桥，这些名字微妙相似的桥大多集中在河中岛一带，而有轨电车途经的是这座柳小桥。电车路过时的震动伴随着隆隆的声响，它通过得缓慢，在夜里能看到零星的火花在架线上闪烁。尽管采石场发生了事故，但好在用电还无碍。虽然大人们这样说，兔惠手里的火柴也还是屡屡折断，难以生热，用大量引柴才烘得炭火炙热，但火势依然微弱。火焰反抗冬日寒风的凛然气质似乎已消失得无影无踪，只能让小锅里半生的小枪乌贼和芋头冒着细微的气泡。

近来，河流下游已春霭浮动。

沿着河流向下游探寻，没过多远，两岸便已远离城镇，天空也变得旷远。这里的河岸草木繁盛，成为人们拴船的地方。游船、渔船和学生们运动时使用的小船都停靠在这里。入海口就在海湾围垦地前方，但由于海岬上的高山阻隔，无法在此处望见。所以兔惠只认得河，不认得海。

虽然晾衣场一带河中岛星罗棋布，但极少有人特地曳舟靠近。直至有一次，一条河船接近了晾衣场。

——我可以去你那边吗？

船上的人向兔惠问道，从他划船的手法能看出他运桨很娴熟。兔惠不知如何作答，那人却已擅自下锚停船，躬着背，步履矫健地爬上了石壁。当他跨过低矮的栅栏时，似乎对石壁的破损程度感到惊讶，不自觉地打了个趔趄。但随着他挤到兔惠身旁那狭窄的一方空间时，他却露出了满足的神情。

——我一直都想来这里。

——我在桥上可以看到这儿，也能在河的两岸看到这儿。我一直都在观察这里。

只听他讲话的声音，还无法获知他的年龄。

——我有时会想"那儿的草木可真茂密"，"那人今天不在呢"什么的。

绑在背上的妹妹熟睡着，微微摇晃着脑袋。兔惠赶紧把妹妹的脸庞转了个向，避开窥伺者的目光。因为她猛然想到，不可以让他看到妹妹。

那个人第二次渡过夜晚的河流时，成了兔惠的恋人。灯火通明的厨房与外界只隔着一道拉窗，厨房深处隐隐传来收音机和大人们出入的声响。更重要的是，从桥上和两岸都能清楚地看到这里的情景。在意识到这一点之后，兔惠十分害怕。伴随着剧烈的震动，一辆有轨电车带着四溅的火花飞速驶过，紧接着又有新的电车驶过。在兔惠的视野尽头，照着沿岸一带的车灯在不停闪烁着，而从没收走的衣物的缝隙里，露出了一弯纤细的新月。因为那人将难点燃的火作为造访时的约定信号，所以兔惠在夜晚的河边燃起了篝火。火柴的磷面在黑暗中熊熊燃烧，点火用的纸张被烫得变色，明亮的火光迅速蹿过。方才还在正常燃烧的火在触碰到沉闷的空气后顿时蜷缩起来，不时发出清脆的巨响。兔惠按捺不住心中的怒火，出声喝令，蜂窝煤的表面又燃起了另一种蓝色的火焰。它遮盖了正无助地蜷缩着的红色炭火，烧出了重影，冒出了显眼的假蓝色的火光。它随性地膨胀，喧扰地肆虐着，兔惠的发丝也被吹得凌乱。可它只有光亮，却没有一丝热度——兔惠笑了，那似乎是发自肺腑的大笑。

不知不觉中，婴儿们正弯着手臂在地面上匍匐。狼藉间，至少有一个婴儿掉进了夜晚的河流。然而有着相似脸庞的婴儿包括他的弟弟妹妹在内还有三四个，所以没有什么让兔惠觉得可担心的。

西卜来山坐落在城镇的西北角，目前还没有人注意到，黑暗正笼罩着采石场。

大福寺、樱、千手观音

有一种愚笨的樱花,四季常开。除了盛夏和严冬的那几天,它几乎在一整年里盛绽,荒诞极了。

K擦拭着额头的汗珠,露出了呆滞的神情。在一片新绿中,掺杂着鲜红、朱色以及艳丽的橘色和紫色。那花哨得令人难以置信的踯躅①,终于在此时凋谢了。初夏阳光照耀着的大福寺里,只有樱花依旧盛开。踯躅的配色恶俗得像是有人刻意为之,宗派始祖上人的立像高大得直抵屋顶,草坪上雕塑的造型则令人不禁联想到抽象艺术。近来,不知寺内是否已经破罐子破摔了,竟在常绿树的枝干上缠绕起了霓虹灯的电线。等到黄昏时分,一整天的暑热逐渐散去,前来参拜的善男信女们可以同时观赏这反季的樱花和明灭的灯饰。

不知为何,宝物仓远离正殿和热闹的商店,坐落在难

---

①杜鹃花。

寻的寺院深处。

"我又中了奖券。我真的经常中奖呢。"同行的姑娘不断嘟囔着，单手提起脱下来的草履放入了鞋柜中，"赠品固然不错，但中了奖，就又不得不送大家礼物了。真是让人苦恼。"

与简朴的出入口相比，宝物仓内却出乎意料地宽敞。二手、四手、六手、十八手、十一面、千手，各式等身大小的观音像依次向深处排开。它们是由红色扁柏材质制成的，一看便知是现代雕塑。除了正殿里的那一尊秘佛[①]无法透过格子窗看到外，这里的一切都清晰可见。可惜这个地方没有窗户，只能依靠电灯照明，行路有些许昏暗。

"观音像的脸好漂亮啊。可是礼物该……"

K没有理会说话不得要领的点心铺姑娘，从一尊托着腮的一面二臂坐像前走过，来到第二尊立像面前。

喋喋不休地谈论美学和造型之类的话，那已经是更年轻的时候的事了。但连像样的论文都写不出来的他，没什么正当的理由回到这里。只是，一到气温升高、新芽萌生的时节，K便有些心绪不宁。樱花看起来就像载着恶性发热病菌的云朵。他以为那不过是自己的过激反应，但不久后他真的患上了气管疾病。待大病初愈，他便有了去竖有

[①]出于信仰的理由，平时不公开的佛像。一般被置于佛龛内。

旗帜的参拜道散步的想法。同行的伙伴一向任他挑选，恰巧这次他路过点心铺，也就趁便叫上了点心铺的姑娘。

四手观音摊开掌心的手和结印相的手优美地浮在半空，肩头自然地舒展，没有任何碍眼的重复。

"事故发生时，西卜来山分裂成了左右两座。"

无论在宝物仓的哪个角落，热闹的讨论声都能听得一清二楚。似乎有小部分人事先知道宝物仓仅在春秋开放，此外也有零星前来参观的游客。

一眼望去，这些雕像似乎没有个性与意匠，垂下眼帘的脸庞也与普通人相仿——这些二手坐像与四手立像并排陈列，更深处则摆放着观音像。这些雕像均出自同一雕刻师之手，是为了供奉而集中制成的，因此雕像的面容、服装上的褶皱和透珑镂刻出来的光背①都毫无二致，令人想用"复制"（copy）一词来描述。

"听说，之前有人看到山在发光。"

"从前的状况也很糟，那时候来的可是松材线虫。"

"唉，哦哦松材线虫，是虫子对吧。"

"采石场发光……"

石材店的老板逃去做温泉疗养了，那声音接着说道。

从六手观音联想到昆虫当然是不对的，K忆起论文中

---

① 又作后光。指佛像、佛画中的神佛背后的光晕。

他也早早删去了这一部分。与寻常的八面六臂观音不同，这里的观音前臂轻垂，背后的两对手臂如同触角般伸向前方，交错结成手印。

"你也不拿着提盒，就到这里来。"

突然搭话的是个年纪稍长的姑娘。点心铺的姑娘似乎是先察觉到了，用手帕擦拭汗珠，欠身向她寒暄。她们都有各自的同伴，因此对方很快就离开了。但这次偶遇也令点心铺姑娘垂下了头，脸颊泛红。

"我本来是可以让出奖券的，可是她执意不肯领。"姑娘轻声说着，满面愁容。

"她一定是想让我为难。"

这番言论可以不必理睬，K暗忖。

古代的佛匠怎么看都像是对增殖的佛像过度沉迷，他们对均衡的造型心存执念，K一边这样想，一边望着一尊一面十八臂观音。距离最后一座观音还有将近一半的路要走，那座观音像的千手几近化作光背。只见眼前的一面十八臂观音以两肘为起点，手持轮宝、莲花、镜、斧、剑等诸多物件。五指姿态各不相同的十八只手，如虚空的花朵般簇拥盛开。观音像的每一个手掌均比脸庞要稍小些，不重也不轻，似花朵也似昆虫，在空中簇拥成群。

水果提篮、红豆饭，以及装满红豆饭的木盒倏忽在K的心头涌现，是因他回忆起桥头那家三层楼的点心铺总铺。K为了买干点心，走进铺子。他想到近来火总是难点着，那么想必也很难加热蒸笼，馅料的制作也会变得很困难吧，但玻璃柜里却贴出"蔷薇调布"等玩笑般的新商品名字。

"消防队最近很闲呢。"

店主不紧不慢地搭话道。

姑娘同K约好晚上再会，便转身离去。她正要去社里帮忙。姑娘离开的方向有着闪烁的、恼人的新绿色旋涡，还有不合时宜地如云朵般盛开的樱花。那里似乎正好位于群山连绵的西北角。在其中一座山峰的山脊线上，送电塔排列成细小的剪影。此时分明是山峰因茂盛的绿意而变得饱满丰腴的时节，却仍清晰可见山间如一根针般竖起的白色采石场。——夜里，K又开始干咳不止。和式点心铺的多惠已经回家了。K仿佛被多余的白色电气石粉包裹着，身体在黑暗中不停挣扎翻滚。K梦见了那采石场所在的电量过剩的山峰，山如同甲虫张开鞘翅般裂成两半，又微妙地叠合起来，分列左右。

东　山

每渡过一座桥，体内的力量仿佛就会增长一分。

还只是个孩子的雀默默想到——无论是期待还是欢喜，抑或是满足，每一种感觉都那么真切。只是雀不知这些真切的体验，究竟是来自渡桥还是跨越河川。不知力量为何，也不知当如何使用这股力量。即便如此，当偶尔外出乘车，前方出现桥时，雀便会自然而然地发出惊叹。那是一种与驰骋的列车融为一体，被温润的白色火焰挽在怀中的感觉。接着，川上小舟的桅杆，以及横亘在水面上的小镇映入眼帘。

"县长住所的屋顶上立着旗帜……一共有两面。"

当雀说起这类事情时，同行人之间的气氛便会倏忽变得紧张。

"哎呀，的确是这样。""雀儿的直觉一向很准。"

"是日之丸旗和三角旗。"

雀又试着说道。根据她的推断来说，周遭即将有什么大事要发生了。近来大人们的状况的确与往日不同，似乎是因为社里的轮班而变得繁忙。他们沉浸在过度充实的生活中，无暇顾及眼中含泪的雀。

无论到何处出行，归程的终点都始终如一——雀的住所，也就是有轨列车的终点站附近。这里毗邻着一条山道，通往昔日里八街九陌的东边邻镇。除此之外，再也找不到把这里设为终点站的任何理由。漫山遍野的墓石几乎爬满了几座连绵的山丘，目光所及之处尽是苍白之色。这里还设有火葬场，甚至在小镇里的一些街道上，还残存着一些昔日里作为社寺门前町①的证据。但时至今日，这里剩下的不过是萧条寂寥的商店街，以及数年来毫无变化的宅邸街区。总的来说，像这样一片不景气的地域，落后于城镇的发展也是不容置疑的事实。这些光景如同泛黄的相片般一张张贴在雀的脑海里，但她却不能通过视觉来获取。无论是面对附近眼科室的老医师，还是面对综合医院的教授，雀都无法对如此种种进行很好的说明。大概是弱视吧，大家便都这么认为，毕竟一切关于视力的检查结果并非无稽之谈。

在这一带，在白天看见成群的人身着黑色丧服这种事已经屡见不鲜。这里有专门为扫墓的客人开设的小花店，

---

①在神社、寺院的门前形成的村庄。

就连果蔬店和超市都把白花八角和供佛花束摆在最显眼的位置。古旧医院的庭院中有一株水杉巨树，宅邸街区里还有挺拔的黑松和洋式的棕榈。但雀家便所的落地窗外只栽着些八角金盘和八角乌，是一户普通得不能再普通的人家。

"她年纪还小，所以瞳孔又大又黑。这孩子的人中也挺深的。"

粗鲁的姨母们用双手的拇指和食指掐着雀脸颊上的肉，拉扯个不停。每当四下无人的时候，她们就会这样半开玩笑似的狠狠扯动雀的脸。

"比起鼻子，还是额头和嘴更高些，就像猿猴似的。""你知道人中吗，就是鼻子下方纵向凹下去的那部分。"

此时此刻，雀的脑海里浮现出了一张幼女的脸庞。那是一张含恨仰视大人们的脸。短短的娃娃头，乌黑俊俏的眉，因为轻微的皮肤过敏而干燥且粗糙的一张脸。那个人就是她自己，雀无意识中想道。

平日里，雀通过体温的差别，来辨认因为轮班而显得尤为烦躁的姨母们。她们的身影游荡不定而又稍显暧昧，时而喋喋不休，时而又彼此之间相互争执。当姨母们的情绪亢奋时，雀能清楚地看到原本黄色和橘色的等温线的中心，会涌现出大量的赤色，并从那里生出额头、眼睛以及鼻子的轮廓，组成一张张激昂的女人们的脸庞。但雀没有办法将看到的橙色、赤色等颜色，与各个色彩的名称联系起来。虽说几代人一起生活也是寻常事，但在连小别院都相当宽敞的别馆中，住着三代女人，算上雀的话就是四代，一起生活也未免有些许拥挤。家里的男嗣只偶尔前来探亲，婚后自立门户的年轻舅父则明显不愿回来。若是年长的姨母搬回娘家再早些，舅父的婚姻恐怕都会受到牵连。通过大家私底下的流言蜚语，雀对此自然也有所耳闻。年长的姨母扬言自己贵为长女，家业理应由她来继承。曾经在只有她们姐弟二人时，姐姐就像这样给弟弟施压，而这些话不巧被雀偷听到。总而言之，现在的纠纷在于，姨母嫁妆中的家财就占领了两三间房，使得本就拥挤的空间又被占去了不少。而大姨母本人，则在婚礼结束后不到一个月就搬回了娘家。

姐姐新婚旅行的时候去了火山岛，回来后才第一次登门去了婆家拜访。知道对方家境贫寒，婚礼、旅行和新居都是由我们这边包办——雀没有参加那场一掷千金的奢华婚礼，这些话也是听周遭的人说漏了嘴。当姨母听人说要她处理掉一部分碍事的家财后，她就像发了疯似的。以曾祖母为首的年长一辈对待姨母就像触摸皮肤上的脓疮一般，也实属无奈之举。

那一天，雀也在有轨电车终点站附近遇到了身着丧服的人群。近期她还听到了许多不知在为何事烦恼的人们的闲话。终点站附近还坐落着一所兼设初高中的女子学院，因此只有在清晨和晚间人流量比较大。终点站的候车处与其他车站相比，没有任何特别之处。候车处在马路中央稍稍高过地面的地方，还盖着形同虚设的避雨亭。正对着的山脚下有一个小公园，里面有座古老的喷水池。电车轨道就在它前面绕了个弯，一直铺设到在住宅区内避影敛迹的编组站。

"说是让我们晚上再来一次。"

听到有人这样说着，似是身着丧服从火葬场归来的一行人发生了争执。

"不可以看。"祖母说完这句话就拉着雀加紧了脚步。回到家后，她一脸不快地对着佛堂皱着眉头。然而箪笥一类物件几乎占领了整间佛堂，甚至出入其中也有些步履维艰，雀记得就连线香白檀的香气都未能氤氲整个房间——未曾料想到，比起常年卧床在别馆的曾祖母，祖母会更早地撒手人寰。雀也未能预料到在葬礼上发生了纠纷，以至于守夜后，要她来跨过市里的所有桥。

大家都以为曾祖母早已不管家事，但她却明确指定，家业要由这个孩子来继承。曾祖母还说，不知该如何是好的时候，就让她去渡桥。长明灯未能点燃，烧香的烟火未熏。即使是在最近,像这样极端的事态也是非常罕见。因此住持直到仪式的最后一刻都一脸不悦。就算是祖母毫无征兆地辞世,准备工作没来得及打点妥当,但选择在东山的自家宅邸里守夜明显是一个错误。也不知是谁的馊主意才落得如今的局面。正如满脸怒气的那些亲戚所言,家里本就拥挤,而香客们又把周围的路都堵得水泄不通,就连附近的居民也因此无法行车。

恐怕只有已经驾鹤西去的老人才能猜到会有这么多人前来送丧,大家都这样想。而雀是被寄养、被藏匿在这里的孩子,所以没有参加翌日的葬礼。不知道远道而来的男人们究竟做出了怎样的安排,只是葬礼的场地似乎被换到了更宽敞的地方。而雀在别院里能感受到中途屡屡有人回来存放行李。曾祖母一直昏昏沉沉的,只有雀和前来帮忙的婆婆吃掉了送来的盒装便当午餐。

"还没有人起身离开,不免太过奇怪。"婆婆这样说时,已是午后偏晚了。当雀开始有意识等候人们离开时,这时间流逝就显得尤为缓慢。不久后,远道而来的客人们开始陆续离开,有的搭乘的士,有的以赶不上列车为借口,收拾行囊迅速离去。在那以后,电话响了几次,是离去的那一两台车里的客人来汇报行程。对大家而言,大姨母的前夫没有前来吊唁,不过是桩不值一提的小事。

"说不定要忙到夜里。"

"说是到那个时候，要再过去一趟。"

年轻的舅父被质疑出的人情费不够，羞恼得要哭了出来。即便如此他还是回到了殡仪馆帮忙。如孩子般稚气未脱的舅妈因年纪还偏小，在这种情况下就显得有些手足无措。于是雀的姨母们便把她排挤在一旁，围成了一个圈激烈地讨论着。雀发现年轻的舅父和舅妈在干杂务的间歇里并排坐在便门外，默默地望着庭院——家里来了很多老人，大概是大伯父大伯母那一辈的。若是让住持一直在侧室等候，那么夜里的丧宴也需要准备大家的份，但这份紧急订单让料理店家明显面露难色。两个家用的炉灶若是能用倒能应急，但火势不旺，而店家这回过来只是为了取回昨晚的寿司桶。无论怎么看，大姨母琴乃都订错了分量，小团体在暗地里已经开始追究她的过错。

后来，雀的脑海里浮现出了猫在吐毛球时的模样。她听到了宛若猫不停干呕发出的一种难听的声音。那有着肥胖腹部的身体就像中空的巨大肉袋，重复着剧烈的收缩与蠕动。大姨母在长廊半路突然俯下身子的仪态，的确与猫相似。

喂，雀儿，琴乃姨母用男性的口吻说道。那时已入夜，葬礼尚未结束，还剩下拾骨的环节。安置祭坛的正堂爆发了刺耳的争执，很多人觉得太吵搬离了那里，这动静吵到了雀，也惊起了一直在睡梦中的曾祖母。两侧竖着玻璃门的长廊尽头,是两间互相连通的客房,昏暗的室外传来沙沙作响的竹声,可以穿鞋行走的通道上摆着比平日多得多的木屐与拖鞋。"我都是为了大家好。"刚开始的时候,琴乃姨母用故作可怜的语调来为自己申辩,然而以她那堵住佛堂的行李为首,所有物证都已确凿得不容辩驳。也有人指出姨母不懂分寸,早就该奉还与自己身份不符的当家一任。"不正是因为这个母亲才折寿的吗?你不这么想吗?"

在雀的眼里,父方的老人们是褪了色的浅蓝与浅绿;从正堂里窥见的住持的身影,有几处呈现出惹眼的橘色;大姨母唾星四溅,从脸的中心如喷泉般涌出大量的红色。

"因为她还是个孩子,我才多加纵容,她却反倒得意忘形。"琴乃姨母的语气越发激烈。

几次往返火葬场,早已精疲力竭的舅父回来了。舅父的肠胃脆弱,体温偏低,向来是淡紫和偏清寒的蓝色。这时,大家本以为正在熟睡的曾祖母突然开口了。"无论如何,也要让她渡桥。""由那个孩子来继承。理由就算我不明言,大家也会懂吧。""很遗憾,我的女儿不能胜任,这也是她钻研不够的结果。"

"明明她的眼睛可以看见,明明她的出生害死了自己的母亲,却还要扰乱继承顺序,抢走本应属于我的位置吗?"姨母气得满脸都显示出骇人的赤色,她突然鼓起腮帮，像是变成了另一种生物似的，匍匐在地上。在镶嵌玉石后再用砂浆抹平的长廊地面上，拖鞋被踢得七零八落。琴乃姨母迈过曾祖母的棉被追了上来，雀本想逃走，但还是被追上了。竹栅编织成的天花板上没有电灯，房间里十分昏暗。很快就有几个人围了过来，因此雀也并不是很担心自己会受到伤害。

"哎呀，这个孩子在吐食茧①。"

另一个姨母说了句意义不明的话，小雀趁乱如小鸟般光着脚丫飞奔着逃向庭院。**吐食茧时女人不能动**，这是这个世界上无数的真理之一，雀的脑海中浮现出这样一条竖写的条文。雀的记忆变得模糊起来，她是不是就这样乘上了年轻舅父驾驶的汽车。他们渡过夜里的桥，跨过夜晚的河流。风穿过车窗一齐向她吹过来，稚气未脱的雀在呼啸声中放肆呐喊。她的感觉从来没有那么强烈过。年轻的舅父一边开车一边哭，不时嘟囔着"这未免太过分了"，"必须做点什么来补救"，但这些话并非指的是放声大叫的雀。汽车疾驰而过，转瞬间，雀看到设有一架小型电梯的天守②城，以及星夜里的黑色河流。逶迤的云和弯月似乎不

---

① 食茧（pellet）为鸟类学用语，指鸟类吐出的无法消化的动物毛发、骨头和牙齿等形成的毛团。也称食丸，食团。
② 日本城堡中最高、最主要也最具代表性的部分。具有瞭望、指挥的功能。也是封建时代统御权力的象征之一。

抓住什么东西便会四散而去。雀那原本属于娃娃头的头发徐徐生长，直到发尖触碰到眼睑。渐渐地，很多事物的细节都对上了焦。在那些方才横跨过的桥面上，放射光如同纯白的水雾朝着夜空不断升腾——当跨过将河湾围成淡水湖的南部大桥时，雀如同做梦一般看见了这一切。她获得了一种名为"看见"的感官。在高高架起的大桥上看到的风景就如同一张俯瞰图，她看到从三个方向奔涌而来的河流，看到深夜里那个藏有动物园和植物园的小城市，正如同一个金碧辉煌的圆盘徐徐旋转。雀第一次看见塔楼也是在那个时候，它如同在空中浮游的夜光蚁冢，或是在地平线边缘行走的孤独巨人。它就像是力量逐渐增长的象征，但要达到最终的理解，还需要雀花上十年到二十年的时间。

"唉，虽说费了不少工夫，但终于燃尽了。"

破晓时分，八十年前曾是个少女的老妪卧在床榻上说道。

雀一边收获着桥上燃烧的一团团白色火焰，一边朝着破晓前的有轨电车轨道的方向前进。月亮斜挂于天际，终点站的月台近了，复见东山剪影朦胧。

三角点[①]

很久很久以前，河流里尚有最后一条摆渡船穿梭往来，轻便铁路[②]也仍在运行。那时年幼的K曾目睹过山在闪烁着光芒。或者说是，K曾在山中遇见了一个国土地理院的男人。这个绑着绑腿的男人带着饭团便当，牵着狗，不断从一个三角点走向下一个三角点。然而也有可能，K遇见的是一个杀狗的男人。K时常向人提起那一天发生的事，多次回忆及反刍使得这段记忆或许已被夸大和篡改。本来大人们也不可能让一个孩子独自进山。即便如此，在K的记忆中仍然散落着许多事物的影像，具体得令人难以置信。

其一是基准三角点。

[①] 绘制地形图前，进行三角测量时选定的作为经度、纬度、标高的基准点，点上设有石碑。
[②] 也被称为小铁路、小火车。指比标准铁路的运作成本更低、铁轨更轻的铁路。

采集箱。斑步甲[1]。紫色的五三桐纹[2]。

鸸鹋吐出的食茧。那个是用镊子解剖的。

珍奇的流苏树。不知何树[3]。

胡麻盐似的狗。

据称位于西卜来山附近的西比来山。

总是落入同一洼地的雷。

水银。电气石。

"一直往山下走,直到你看见那个角落里的自动贩卖机。从那里开始,才是现实。"——男人似乎这样说过,但这也可能仅是后来填充的记忆。

也有如下的影像:

山。有三角点的山,这一带被称为鼓山或笔耕山。小孩子用绿色和黄绿色蜡笔用力涂抹出的饭团形状的山和黄色旋涡状的太阳公公。

蜡笔画中的孩童K。一个身穿短裤的男孩。凡是在书本或图鉴上看过一次的事物,他都无法将其遗忘。

同样出现在蜡笔画中的男人。男人的一侧脸颊上有一颗像是用灰色蜡笔涂上的痣,皮革包被打成十字结的布条

---

[1]鞘翅目步甲科的昆虫。
[2]以植物为素材绘制的家徽,五七桐纹和菊纹曾为皇室专用,后来多为日本政府使用。五三桐纹则相对常见,起初是大臣的家徽,后来庶民也可以使用。
[3]日本对流苏树等珍奇树木的口语化称呼。

牢牢地固定着。

豺狼般的狗张开三角形的大口。鲜红的舌头,锯齿般的尖牙。

事情的经过以一种图画风格在K的脑海中浮现,如同一部连环画剧。

那一日,山中飘浮着令人瞠目的大量细柱柳绒毛。K记忆中的事情,大致如下。

在空中飘荡的银白色绒毛敏感地回应着微风,它们分散在视线的四面八方,让人产生了一种错觉。然而,当这些绒毛触碰到K前额的短发,又轻轻掠过他的鼻尖时,K不得不一遍又一遍地把它们拨开。站在瞭望台边远眺,昔日由海洋和诸多岛屿构成的地貌依然清晰可见,无论是鼓山还是笔耕山,景致与往日别无二致。细柱柳的绒毛附着在了K手中握着的放大镜面上。那时还是个孩子的K刚刚学会用凸透镜将阳光聚集成焦点的游戏——K对于在图鉴和书本里的图片过目不忘,他的确具有这样的特质。因此,关于刻有国土地理院大名的三等三角点[①]的知识,也毫无疑问深藏在K的脑海之中。

---

①设置间隔约四千米。日本约有三万一千个三等三角点。

"明文规定,三角点的维护与巡视是我们这些负责土地测量与管理的工作人员的重要职责。"

"以前也发生过三角点的自然损坏,或者有不法之徒将它们挖出并盗走的事件。"

在 K 模糊的记忆中,男人似乎说过这样的话。

那是一根高约十五厘米的质朴石柱,与书中的插图惊人地相似。只不过实物历经风吹日晒,呈现出独特的韵味。然而,对于悄悄滚落在一旁的一小团物体,K 实在是摸不着头脑。那是一个五厘米长的椭圆形物体,表面缠绕着层层黑色毛线,内部混杂着一些纤细的小物,像是白色骨骼。三角点向来被安置在便于观测的地方,孩童 K 就身处山中的这样一个位置,独自凝视着那个神秘物体。他似乎自很久以前就一直保持着这个姿势——从视野里闪过的银白色绒毛,如凸透镜的白色焦点,忽明忽暗地燃烧着。那一天的确拥有让山峰容易发光的条件。

黑色班步甲在放大镜的中央不时地活动着脑袋和前肢,后来它被国土地理院的男人放进了胸前用于采集植物的皮革包[①]里。皮革包合上时发出清脆的声响,包的翻盖上印有补给品标识,那小小的紫色桐纹深深地印在 K 的眼里。

---

①用于采集植物的皮革包又作"胴乱",从前用于储存弹药。

男人从绒毛如雪的山中走了下来。他并未穿着测量技师的工作服，而是身着没有特殊标识的便服，绑着古朴的绑腿。他展开裹着便当盒的报纸，铺在平坦的地面上，顺手抚平了褶皱。"不用我多说，这东西是食茧。"男人把神秘物体放在报纸的正中央，道出了它的名字——从这里开始，K的记忆突然变得清晰。实际上，事情并非如此突然。K还记得自己因为放大镜会在山林引发火灾而遭到了男人的叱责，放大镜也在那时被男人没收了。而那个初次听到的片假名①名称从K的耳畔钻入脑海，从此便深深扎根。

"也有著名的食茧企业。那些公司专门收集和贩卖食茧，虽说国内没有，但在海外是有的。"

Pellets，Inc.，男人用石子的尖端在地面上写下了这两个名字。

"据我所知，那些公司还会雇用技艺高超的食茧收集者，薪水优渥。话说回来，既然这样的生意都能发展成企业组织，那么痴迷于解剖食茧的人肯定不少。对此感兴趣的一定不光只有专门的学者。听说他们还会给学校的孩子们演示如何解剖食茧，这实在是一堂有趣又有益的课程啊。"

一直在用说明的口吻讲个不停的男人究竟是年轻还是

---

①即食茧（ペリット）。

年长，年幼的K无法判断。男人剃了个平头，左颊骨突出的部位有一颗黄褐斑似的浓灰色痣。虽不那么抢眼，可越仔细端详，K越觉得那痣就是男人的代表，男人则是那痣的化身。不知何时，男人的右手灵活地操作着发光的镊子，就好像它起初就在他手中一样。

"众所周知，鸥䴖和雕鸮都会生吞捕猎到的小动物，"男人一边用近乎专业人员的手法进行食茧解剖工作，一边说道，"老鼠、鼹鼠、蚯蚓和鸟类都是它们的囊中之物。未被消化的残渣在胃里会聚成茧状，再历经一番努力被吐出来。这是为了避免尖锐的骨头划伤食道。实际上，食茧内部通常囊括了一整套骨骼标本，这正是它们最无与伦比的魅力所在。对于我们这些爱好者来说，这些骨头没有被牙齿咬碎实在是太好了。而且，多余的血肉被消化液腐蚀过后，骨骼干净如洗——就像这样。"

男人仔细地理开黑色的兽毛，首先挑出了一眼望去最明显的有两颗凸出前牙的白色头骨。男人的动作小心翼翼，用镊子一根根挑出了从脊骨到尾巴的碎片和左右对称的肋骨。关节处略有咬痕的纤细骨骼精美得宛如迷你模型，意外的令人着迷。男人将前肢与后肢的趾骨展开，还原出爪子的模样。被吐出的食茧是老鼠的残骸，这一点在还是个孩子的K眼中也是显而易见的。此外还有些昆虫的甲壳质碎片、完整的附肢和蝗虫的鞘翅等，它们被挑选出来后堆放在了另一角落，同兽毛小山分开。K咽着口水，全神贯注地观察着这一切。男人花了大量时间才进行到目前这一步，他显得有些不满，嘴里嘟囔着不过一只老鼠而已。

"食茧里的动物至少需要有多只，最好有三只以上。"长着灰痣的男人说道，"到了那时候，骨头的数量会达到三百多块。想让分类工作生出繁杂的趣味，至少也要达到这个数量。"

它的窝就在那儿，男人用修长得稍显异样的食指指向绒毛纷飞的空中的某个方向。K的目光被吸引过去——直到现在都未能注意到的那个近在咫尺的地方，令K也感到不可思议。那里有一棵白得仿佛覆盖了一层雪的巨树。K本以为那是在这个季节里平平无奇的房状小花朵正在盛放。但整体来看，它却像冉冉升起、缓缓膨胀的白色云朵。这样的树无论是在图鉴里还是其他地方，K都未曾见过。光线透过草丛，洒下的斑驳光影如羽毛质感的迷彩，使人看不清任何深处的景物。细柱柳绒毛飘散的时节恰好与这种奇特树木的花期相一致，这令人联想到某种暗合。

"木樨科流苏树属，洋名是Chinese Fringe Tree。别名是不知何树。"在K的眼里，国土地理院男似乎无所不知。

"在稀有品种中，学名拗口的树往往被这样称呼，这没什么奇怪的。甚至像樟树这样常见的树木有时也被叫作不知何树。但这流苏树呢，可是Ⅱ类濒危物种，是稀有中的稀有。全国各地哪里有它们的群落，已被调查得一清二楚。"男人的语速越来越快，"它被称为'一叶①'，这种叫法源于它的叶片形状。它虽与白蜡树有些相似，但叶片却是不同的。此外，它属于雌雄异株植物。正如你所见，它的花朵是圆锥形的聚伞花序，每一朵花的形状都像是螺旋桨。到了秋天，它会结出椭圆形的果实，成熟时呈现出黑色。"

"我已经教了你这么多知识，接下来你要教给我什么呢？"男人转身面向K。

山间宁静祥和，传来树莺掠过山谷的回响。

又传来山雀婉转的啼鸣。无论K望向何方，眼前尽是飞舞的绒毛、清晰的山峰和辽阔的苍穹。瞭望台一侧，在雾气缭绕的山坡下方，有一条小巧的铁路，以及泛着光的蓄水池和挂了牌匾的厂房。似乎只要不下山，便无法回到现实——一股不安袭上心头，还是个孩子的K双眼滴溜溜地打转。在三角点的石碑旁，摆放着报纸和老鼠骨骸，一个胸前绑着皮革包的男人正站在流苏树旁。不知何时，这宁静的景致中多了一条狗。或许它一直就在那里。它安然地坐在地上，屁股紧贴着地面，黑中带灰的毛发如胡麻

---

①流苏树的日文为"ヒトツバタゴ"，意为一叶落叶乔木。

盐般粗糙。狗是男人带来的，戴着一条厚重的项圈，用那双透着犬类独有的释然的黄色眼睛注视着K。眼前这一幅场景，K似乎曾经在古老的绘画中见过。

"它是濒临灭绝的，"K有些结巴，"杂种狼狗。"

瞬间，他感觉到山在闪光。

整座山突然开始摇晃，挣扎着想要裂成两部分。但修正错误的力量似乎更为强大，山峰很快又恢复成原状，并发出清脆的声响。就像橡皮筋被拉长后又迅速缩回来那般。

"在西卜来山附近有座西比来山。"

男人若无其事地说道："那里古代产丹，也就是水银。因此当地神经麻痹的发病率很高，山也得名西比来[①]。有大蛇出没的也是西比来山。雷电一般会落在高处的树梢上，而在某一种山中，它们会无数次落在同一个洼地里。我常常目睹这样的景象。"

"很遗憾，事实与你说的有所出入。"男人接着说道，"那么接下来，你还能教给我些什么呢？"

狗从地面上消失了，仿佛那里原本就空无一物。"狗呢？"K询问道。感觉自己的鉴别能力受到轻视，K有些不满。

---

①西比来一词为音译，源自日语"シブレ"，意思是"神经麻痹"。

"这里可没有什么狗。我的皮革包里装了不少电气石。都是从采石场带来的。"

男人用双手捧起它们，石子从指尖滑落时发出嘎啦嘎啦的声响。"怎么样，这就是电气石的声音。"

男人弯下身子，在K的脸旁晃动着石子，长着灰痣的脸与皮革包看上去处在同一高度。K一边惦记着自己的斑步甲，一边看着男人，他忽然注意到皮革包上的桐纹。

"纹样不对。"K抬高了声量，"正确的应该是蓝底的白色五七桐纹。"

这次，山没有闪光。

男人消失了，而方才的狗正坐在地上，屁股紧贴着地面。漫天飞舞的绒毛、如白云般蓬松的流苏树依然在那里。若是仔细观察，会发现树上盛开的花瓣宛如泛黄的指甲碎屑，静静地飘落到狗的身上，飘落到地面上。

"吾辈乃关铁号。"化身为蜡笔画的狗淡然地报上姓名，"家父乃谷户的关铁号，家母为藤户的琴女。"

"那么，你并非杂种？"

"吃掉你小子倒也能填饱肚子，但今天暂且先饶过你。我有血海深仇要报，还有盯上我的天敌——便是那杀狗之人。"

K隐约明白它所指的正是方才那个戴着假纹样的男人。自那日起，K再也没有见过如白云般盛绽的流苏树。

后来，在资料详尽的植物图鉴中再次寻见它时，K感到十分满足。长大后，K的左颊骨突出的部位也生出了一颗类似黄褐斑的痣，灰色一年一年逐渐变深。K没有养过狗，无论大小。他一直想去西比来山，去看看男人说的大蛇和落雷。

火种小贩

这个烟草铺原本在角落里摆放着自动贩卖机,店内还兼营小杂货,而在这段特殊的时日里,也开始贩卖火种了。男人们如果想要抽烟,即可递上几枚硬币购买火种,从一旁的纸捻里取火。而带回家用的火种则单独放在容器里贩卖。有人说,这样的生意在很久以前就零星的存在了。

也有人认为那并非火种,人们把它和木炭灰式怀炉[①]混淆了。那不过是在木炭粉末中混入保温性强的茄子茎和桐木灰,在有通气孔的金属容器内燃烧的怀炉,或是白金触媒式怀炉[②]。还有些人不自觉地想起他们祖母钟爱的火折子。老人们会将其放入信玄袋[③]里随身携带,用来点蜡烛

[①]在江户时代的元禄初期,就已经出现了木炭灰式怀炉。进入明治时代后,这种廉价轻便的取暖器具得到了广泛普及。
[②]利用铂金催化燃料发热的一种怀炉,主要燃料为汽油。于大正时代末期开始普及。
[③]布制的平底手提袋,袋口用绳子固定,在明治中后期风靡一时。

和线香。它通常呈香盒大小，圆润扁平，多为金属制品，偶尔也有陶制品。为了防止灰烬和火花泄露，火折子通常配有带合页的圆盖，合上时盖子会发出"啪噗"的声响。金属弹簧与盖口紧密相扣，开启时需用指尖轻按凸起的小金属部件。

曾经熊熊燃烧的火的确变得难以点燃，但聚拢在火芯附近的火苗如今反而更不容易熄灭。火种小贩说出了他的见解，他戴着一副黄铜制的圆框眼镜，鼻托嵌在鼻梁上。这个和尚头的火种小贩是烟草商的父亲，他的圆框眼镜遮住了双眼，两个镜片反射出白色的光，因此他的容貌至今仍是个谜。光头小贩的头部侧面有一块醒目的白斑，有传言说那是刀疤，然而真相至今也仍未被证实。

买来的火种燃烧多久才会熄灭，则要看具体情况。偶尔也有被遗忘在烟灰罐里的火种，待下个月的同一天查看时，在凝固的灰烬中仍能发现针尖大小的火苗。有些人会提前备好自己的烟灰罐，但由于罐体本身价格低廉，所以每次购买火种时，多数人会把容器一并更换。因此，祖母和姨母们曾随身携带的银色烟灰罐也在不知不觉间被白色哑光陶器取代，每次出现在人们眼前的都是不同的容器。虽然佛具店也售卖烟灰罐，但去那里需要走到城镇的主街道。因此，角落里的烟草铺反而更为便利。

在三合土小屋的一隅，将火苗点在被煤炭熏黑的桶中,用作火种——这种工作绝非罕见,想必很多人都曾目睹。一经提起,或许人们就会记起自己曾在某个地方看到过类似的情景。在这种情况下,火一定是由火石碰撞产生的。大桶里棕榈纤维堆成了一座小山,纤维如爆炸般倏地起火。火苗似乎是一下子就开始燃烧的,但由纤维点燃的火焰却星星点点地蔓延开去,化为大小不一的枝杈状火堆。随后,通过粗暴的分解工序,将火逐个切断,分成小块。火种小贩熟练地操作着黑色火钳。那的确是火钳。

今天也掏出零钱买火种。接过被移到纸捻里递上来的火种,注视着将一只胳膊肘支在玻璃柜上的火种小贩的脸。烈日曝晒下的圆形镜片如燃烧般反射着白光,使得他的面孔有些难以忖度。不过,碰巧赶上老人取下眼镜午睡的话,就另当别论了。然而,那也伴随着附加条件,负责取火的火种小贩睡着后,周围的时间似乎会陷入停滞——在很大程度上。乍一看,火桶被扔在昏暗的三合土小屋里,桶中的火仍在燃烧。暂且不论躺在里屋小房间中熟睡的老人,一条古怪的黑狗正以叼着火种逃跑的姿势静止在原地。狗紧咬着烈焰,鼻尖处隆起深深的皱纹,几根胡须被烧焦,白烟萦绕。

"啪嗒"一声,梦的盖子合上了。

岩牡蛎、低温烹饪

不知不觉间，已是盛夏。

以下是丑男 P 的故事。

P 的昔日同学 L 如今成了孀妇，膝下无儿无女，百无聊赖时常请人来家里做客。P 碰巧无事，便接受了邀请，与几人一同造访。路上，一行人在一个百事通的引领下抵达了目的地。这里是邻市的山区，交通并不是那么方便。P 本以为此地人烟稀少，然而眼前却跃入一座富丽堂皇的豪邸。此处何时修成了如此精巧的住宅，P 不由得大吃一惊。同行的两个女子——一高一矮，肆无忌惮地大声喧闹起来，喋喋不休。P 对 L 的伴侣不久前因病去世的事情知之甚少，只知她的亡夫是来自远方的外国人，似乎他们在语言不通时就已经结婚了。

除了出来迎接的孀妇外，还有一个围着围裙的年轻男子紧跟在她身后。同行的两个女子一脸愕然，她们的神情未免流露得有些过于露骨。"这位是我的朋友，他是厨师。我拜托他出差来这里工作。"孀妇L笑容可掬地说道。二人虽觉得有些不可思议,但还是勉强接受了她的解释。"香槟,来喝香槟吧。我们常喝的那种。P,真是对不住你了。"矮个子女人如是说,这句话在路上一直被她重复。负责驾车的P看似嗜酒如命,实则不擅饮酒,所以也没放在心上。

参观了一楼的榻榻米客房后,大家一同走上楼。二楼的视野格外开阔,朝南的一面是清一色的玻璃窗。这里的西式房间既是古董家具的展览馆,也是瞭望室。角落里设有吧台,似乎在这里说话都能听到回声,深处则是厨房。尽管用来享用餐前酒的玻璃杯已被事先预备好,但女人们还是铆足了劲凑向玻璃窗,望向外面的风景。

"啊啊,果然一来到这里内心就会变得平静。"——高个子女人深深吸了一口气,用戏剧化的做作腔调说道。她穿着半透的布料制成的和服,正适合现在的炎炎夏日。紧接着,她问P家在哪里,P被问话后,粗略地环顾四周,将两座城市以及其中的八街九陌尽收眼底,然后大致指了指他记忆中的方向。

"那真是相当近了。"

"高速路的分岔口刚好在下面,你看,我家那位去工作时常常路过这里,他说在这儿可以看到小L的家。"

"你丈夫也来过这里一次对吧。那次你也穿了和服。"

"那个时候我被小L和朋友们夸奖了呢，我今天穿和服，也是因为想起了那天。"

"没什么人能拥有夏天的和服呢，浴衣当然要另当别论。"

"但它容易起皱，不适合茶席上穿。"

P只不过在多年后的同窗会上与她们见过一面，而这三个女人则曾是同一个社团的成员，似乎一直保持着往来。与大家并不算熟识的P这次能受到邀请，很大程度上是因为他平易近人的性格，以及他的住址恰好在附近。室外的露台上还有几组带大遮阳伞的户外椅，看起来就像是一间店铺。只是没有人会拒绝空调格外奏效的凉爽室内，而特意走到室外。

孀妇L身着线条柔美的连衣裙，一边和厨房里的厨师说话，一边来来回回。她在抽闲之际向P和女人们介绍房间里的各种家具什物，间或啜饮一口餐前酒。P对那些雅致的西洋古董了解甚少，但他注意到这里面混杂着许多类似青铜人鱼的摆设，它们弯曲着身体支撑着桌面，又有一些必不可少的古伊万里陶器和象牙根付[①]等收藏品。她说起书桌还保留着故人生前时的模样时，天色已经暗了下来，窗外也渐渐变为灯光浮动的夜景。

[①]为日本江户时期人们用来悬挂随身物品的挂件。

在享用了各式的冷盘前菜与香槟后，腌渍的岩牡蛎被端上了桌。随着抹了橄榄油的面包、沙拉以及大家捎来的红酒入口，女人们很快就醉了。——"先前还端上来过海鲜拼盘，那可真是奢华。""那些需要再等到秋天。"桌旁的 L 回应着，向 P 询问他是否习惯吃生牡蛎。

"牡蛎的肉呢，有些细长，有些凹陷，有些圆润，再配上煮过的虾和带籽的螃蟹，就足够饱餐一顿了。""这里的岩牡蛎真的好大，是不是有手心的一半大？""家里的煤气灶有些问题，今天拿不出什么精致的料理，实在抱歉。"L 说道。

"我听说有些人家的煤气有问题，但我家就完全没有。"矮个子女人嗔怪道，"不过说起来，这里的厨房可真是厉害，"另一个女人岔开话题："全部都是专业设备，就连煤气灶的灶火都有两圈。"

"那清理起来会很麻烦吧。""普通的清扫员都拿它没办法，好在有专业人士。""那岂不是要一直请人帮忙了？""烤箱也很不错，我在其他地方都没见过。""苏打水气压瓶这东西，实物小巧得有些出乎意料呢。"——一道肉类料理也被端上了桌，看上去有点像是一幅在白色器皿上绘制出的抽象画。P 迅速地用刀切开，送入口中，是一种很新奇的口感。

"这是采用的低温烹饪，没有什么稀奇的。"端来菜肴的

L说道,"口感几乎是生的对吧,但都经过加热处理了。"

"那是怎么一回事?我没听说过。"

"啊,不好吗?真是抱歉。"

L的脸色逐渐凝重,嘴上不停地重复着"实在抱歉",这令P感到一丝惊诧。桌上拥挤的菜品数量已达到吃不完的程度,但说起来,没有任何一份菜肴冒着热气。"不,真的很好吃,这是什么烹饪手法?"把卷发利落地束成一束的L听了,依旧是一副不安的神情。P将视线投向她,从鼻子开始,P发现这个女人就连睫毛也留有流行的人工修饰的痕迹。"是低温烹饪。如今就连引擎也很难驱动,因为那也需要点火。"

"唔,那我们回家路上不会出岔子吧,真是令人头疼。"

女人们条件反射性般地抬高嗓音。听到厨房传来声响,L便起身走了过去。

"同窗会的时候她也提早回去了,果然她还没有放下。"高个子女人小声嘟囔,令人意外的是,她的眼里噙着泪,"从前我们常常在这里见面。她丈夫负责开车,我们还一起去过一旁的S公园游玩。"

"对对,我们总是受他们款待。"同伴附和道,"他是市立大学的老师,我家儿子是县立大学的。"

"P先生,你也应该和她交往交往。她呀喜欢待客,所以我们只管被招待就好了。"

"就是说。她喜欢烹饪。"

"以前总是由小L负责翻译,我们就在一起谈天说地。如今他去世了,可真是可怜。"

"那可真是一场急病,小L也真是太可怜了。"

一唱一和地讲着"可怜可怜"的二人应景地噙着泪。但当已身是孀妇的L和厨师一起走回来时,气氛瞬间就发生了变化。

看上去年纪尚轻的厨师正在讲解肉制品的处理方式,从蛋白质在加热后开始凝固的温度讲起,但在提及肉的压力组织和醒肉的处理时,已经有些磕磕巴巴。

"只对肉的切面进行低温加热,另一面则不加处理。然后再给它充足的时间——"

"还有一种采用真空包装的烹饪方法,那也是低温烹饪。"L补充了一句。显然,女人们对此很感兴趣。"唔,大概就是把真空包装的肉放入热水里,水温控制在六十五度左右,最高不超过八十度。具体的温度取决于肉的种类和分量,此后保持这个温度。加热的时间也是取决于温度和肉的分量,就像在做理科实验一样。""听起来倒是很简单,但真空包装是什么?""类似于用吸管把袋子里的空气吸走。"——看到厨师一副垂头丧气的样子,P便问起他工作的餐馆店名。

"L自很久以前就常常光顾我们店里。她还经常为我们招揽客人。"年轻的厨师木讷地说,"我那时在另一家店里负责用窑烤制比萨,以及制作一些其他的意大利料理,L就是那个时候认识的。"

有人正要起身去洗手间,却突然停下来说起今年夏天可能不会放烟花。于是大家一齐看向窗外的夜景。

悬挂的灯具、衣着华丽的女人们、笨拙地转过头来的P和身着工作服的厨师,所有人的身影都映在玻璃上。一行人抵达这里时还是日落以前,而如今,星星点点的灯火洒满了漆黑的大地,仿佛描绘出一幅璀璨的地图。P从中迅速辨认出近来已终止夜间运营的球场,以及附近S公园的矩形土地。视野中的高速公路在山麓处,只能看到匝道附近的一列照明灯和一小部分缓缓移动的汽车尾灯。看到这个情景,P突然想到,是不是从很远的地方也能望见这座有着白色露台的房子?宅邸的外观极有辨识度,当他们在前来的途中通过匝道时,就已经对这里有了印象。住宅区建在半山腰上,而这座房子就建在最前面。房子二层的全景玻璃窗、露台和白围墙十分醒目——后来,正如P所想的那样,他在比邻镇还要遥远的街道上,清清楚楚地看到那远在半山腰上的熟悉的住宅群,和最前方的那排醒目的白围墙。

"有去年剩下的烟花,接下来我们去放烟花吧。"L提议道。

"唉唉可是,你看这火很难点燃。"其中的一人有些犹豫不定。"不如我们去喝特浓咖啡,用浓缩咖啡机做的那种。"喝醉的一方重复着无厘头的话。在这个微妙的夜晚,一切仿佛都预示着要以烟花的形式迎来结尾,最后在露台上燃放的花火,也的确宛如一场理科实验。——刚点燃去年剩下的蜡烛,火苗便惊人地冲向天空,呈现出挺拔而饱满的身姿,在空中活跃地摇曳,还从尖端吐着黑色的烟雾。转瞬间,火焰消失了,残留的只有针尖大小的余烬,让人忍不住思忖方才看到的究竟是什么。L与女人们在昏暗的露台上踱步,寻找火焰易燃的地方。——"啊,快看这里,能点着火。"一百日元买来的打火机点着了火焰,火逐渐蔓延到烟花顶部的薄纸上,升腾起白色的烟雾,流溢出烁烁火花。两个人凑近线香烟花的顶部,而P就只是远远望着。点燃后,烟花燃成一个小小的火团,释放出小团松针一般的火星,如同低速摄影一般变换着形态。从松针状散开,又瞬间变成柳条状,再变化为散菊①的形状,这种可爱的变化好似镜头中的快速播放,受到了女人们的赞叹,还有撞向黑暗后四处飞溅的老鼠烟花。因为密度的不同,火焰在各个地方的燃烧状况也有明显的不同,不由得让人感叹它的奇妙。

---

①线香烟花燃烧时的变化姿态多被形容成牡丹、松针、柳条和散菊。

尽管只是微不足道的小事，P却格外在意最初的那根蜡烛。它被弃置在昏暗的角落里，不知不觉间重新燃起了微小的火苗。让人费解的是，每当它闯入视野时，都是孤零零地在昏暗的地面上摇曳，火焰有时横斜有时颠倒，扭曲的角度令人感到违和。虽然它小到丝毫不起眼，却像是在孤独中表演着什么。

"快看，这多有趣！"L像是哼着小曲，愉快地说道。

她向围墙外伸出胳膊，有节奏地点亮和熄灭打火机，火光时隐时现。接着像是传来了回响，灯光璀璨的夜景里，似乎真的有某处正在与这儿呼应——最为遥远、无人不晓的山顶电波中转台的灯光，正在有节奏的与百元的打火机的火焰重合，明明灭灭。P怀疑自己是不是眼花了，视野中的市营球场也隐隐约约地变得明亮起来。P向那边看去，三座夜景照明设备的各个部分闪烁着温润的光亮，仿佛在轻轻呼吸。"今天是那边在回应，我来这里吸烟的时候发现的。"L说道。她多少还是感到不妥，便啪地一下合上打火机的盖子。与此同时，夜景中约有一半的灯光都瞬间熄灭了。眼前的景象与之前相比发生了翻天覆地的变化，这是P第一次目睹这样大范围的停电瞬间，他大吃一惊。市镇中心的那块宽阔的地域，如今已化作晦暗的海洋，一片漆黑。尽管L显得张皇失措，但打火机已经无法再点火了。

"L你这个人……"不知何时,年轻的厨师也来到了露台,他的声音沉闷而无力。

之后,P送二人去往与停电区域方向相反的车站。剩余的菜肴将手提纸袋塞得满满当当,二人心满意足。引擎的发动机能够顺利启动已是万幸,P想道。一路上,女人们的话题自始至终都围绕着厨师。"那究竟是怎么一回事?"她们用兴奋的语气谈论着年轻的厨师那不逊的态度,却丝毫不提露台上看到的景象。之前L准备伴手礼时,她们的笑声格外清脆,停电的不安也一扫而空。当时听来的店名三人都知道,那是本地经常临时休业的店铺中的一家。回程的路途十分顺畅,在女人们进行着种种猜测时,三人来到了车站的正前方。乡间车站的末班车也早,提着包和纸袋的两个人草草地道了谢,就消失在了车站里。后来P回忆道,那时他还能听到车站内嘈杂的广播声。

据她们说,等电话线路恢复畅通后,近期还会再次邀请他。于是P心怀忐忑地静候着。

飞翔的孔雀、运输火的女人 I

在川中岛 Q 庭园内举行的夏日大寄茶会①，到了夜里竟会化为魔境。出人意料的是，孔雀竟能飞翔。它猛烈地挥动着翅膀，那破风声对于防贼卓有成效。此时，被盗取的目标正是火焰。

夜里的巡游。

"这本《灰之书》便是指引之书，请务必记住。"戴着红色细框眼镜的 P 夫人提醒道。她手持绘有"巴"字灰形②图案的半田③，未上过釉的半田表面上交错摆放着底取杓④和长火箸。它今天的模样与往日有所不同，仿佛置身于聚光灯的照耀之下。

接着，数人纷纷发表各自的看法。

---

①通常指参与人数众多的大规模茶会。
②茶道中，风炉里的灰的形状。
③盛装茶道的炉子和风炉里的灰，用于助燃的容器。
④取用炉子及风炉里的灰的杓子，勺部分多为铜质平碗状，杆部分多为竹质，通常缠绕着绀色捻线。

"若是虎次也在这里，一定会更有趣。真是可惜啊。"小虎社长一边展示着隆起的肱二头肌、斜方肌和三角肌，一边感慨地说道。她如仁王像般威风堂堂地站立着，和服裙裾旁，年轻的姑娘们簇成一团，眼中含泪，目光迷离。

"切，原来是沙坑啊。"白鸟感叹道。白鸟身着制服，衣襟上饰有三道白线。她是个女高中生，受到社团活动的约束，她只能让制服裙端正地盖在膝盖上。

"既然釜中的火已经熄灭，那我就去睡觉了。"年轻的先生刚刚离婚不久，体质孱弱。说罢便真的进入了梦乡，如同睡美人一般，静静等待着火的到来。

由于空洞君是一座石灯笼，因此它始终保持沉默。无论过上多久，它都不会开口说话。或许在整个等待期间，它都会如此。

飞翔的孔雀收拢华丽的羽毛，张开背后的褐色长飞羽，猛烈地飞翔。伴随着响亮的振翅声，它低垂着光彩夺目的蓝色脖颈，从黑暗深处蓦地出现。它的眼睛既像疯癫的前兆，又似杀人的凶器，异形的眼眶透着鲜血般的红色。

夜晚的草地。夜的增殖。

代代相传的禁忌如下：在抵达目的地之前，切忌践踏草坪。否则必将后悔。

注意别名为"关守石"①的止步石。这是常识中的常识。

严禁使用园内唯一的交通工具,即工地使用的牵引机。虽说只要会操作带有装货台的脚踏车就能驾驶它,但总而言之,禁止使用。

被搭话时,及时回应才符合礼仪。

不可吹口哨。否则头顶上会飘来极光,或其类似物。

若是火种掉落在地上,就让它在那里熄灭。

大型温室与此事无关。正因如此,没有顺路造访的理由。

此外,还有许多事项需要注意,总之不可践踏草坪。因为它们正处于栽培期间。

大致上,两位姑娘被告知了以上的禁忌事项。

那个恋爱中的姑娘在离目的地不远的地方沉沉睡去。另一个姑娘为检验自己的才智而前行,擅自踏上了那片土地。

---

①在茶庭、岔路口等地方,会放置用蕨绳或葛绳打成十字结的小石头,名为关守石。在茶道仪式中,如果有这样的石头摆在某处,意味着客人不能越过这个标志进入更深处。

飞翔的孔雀、运输火的女人 II

这是一段关于孔雀的故事,关于一个名为多惠的姑娘化身为草坪上的孔雀的故事。

"这全是征兆。"

一个姑娘在整理秀发时如是说道。因为是夏天,姑娘们的浴衣都是柔软的沙罗制品。待挡雨板被撤下后,在四面透风的凉爽居室内,她们或行或坐,或彼此相拥,手指轻轻缠绕,眺望着酷暑中的日式庭园。

"不过多久就会照例出现火星合月的天象呢。"

"夏天的甜点是寒天、葛饼和琥珀糖。无论世界各地,石头的沉默都是通用语言呢。"

"说来,为何水屋[1]里堆放了那么多让人难以忍受的东西,什么透明垫子,什么聚乙烯桶之类的。"

"连温泉疗养地的土特产赫伦茶器[2]都被摆在这里。我

---

[1] 茶室内用来清洗茶具的屋子。
[2] 1826年创立于赫伦村庄,是匈牙利的著名手绘瓷器品牌。

买下它的那一天，还遇上了铝材工厂的污泥排放事故。"

名牌商品的装饰纸和包装用的纸箱散乱地摆放着，在这之中，一个带把手的唐子①纹样的五彩茶器微微倾斜着。对面是一位五十岁的年长女人，她正慢慢地摩挲着自己的脸颊。

"虽说现在的肌肤还算得上白皙，却变得如此单薄，如此松弛。你看，手指都能陷进去。"

"那，我们最终会变成什么样子呢？"

一个年轻姑娘抚摸着年长女人的后背，两人议论着。突然，两个人急匆匆地转过身，朝这边看过来。其中，那个年长女人戴着红色细框眼镜，面容与身后的年轻姑娘有着奇妙的相似。但显然，她们没有血缘关系。

"所以说，火变得更加难以燃烧了。"

"原来如此。但只要还有灰，我就满足了。"

"楼下正在举办茶会。我们一起去看看吧。"

"像这样，一步步走下台阶就好了。"

这间铺有木地板的居室位于亭舍二楼，它四面透风，四周环绕着覆满青苔的庭园空地，繁茂的松林、一望无尽的平缓草地，以及纵横交错的白色步道。川中岛 Q 庭园坐落在一条蜿蜒曲折、波光粼粼的一级河流之中，园内设有

---

①指日本特有的类似唐代孩童的纹样。寓意为多子多孙，一家繁荣。

鲤鱼池、沼泽池和莲池,还有一个带着瀑布的假山。

大风炉里是远山灰形。只有酷热时节才会使用的两片瓦板红白相叠,被摆放在远离火焰的炉底。特意多撒的化妆灰①被拟作海盐,布置成纳凉的浪花形状。灰形里的山名是小屋山、落叶山、蜂尾山和切地山。暖炉里则是水卦。

这段错综复杂的事情经过,最终也传入了居住在川中岛Q庭园附近的一对老夫妇的耳中:当地一年一度的赏花兼大寄茶会,今年因一场大型丧事的举办而延期。事出有因,他们也只能接受。夫妻俩说,哪怕活动被取消,他们也不会有任何怨言,能有现在的暂时延期,已经是幸运之至了。然而,当他们得知活动被改期到了酷热的盂兰盆节那一天,两个人不禁大为惊讶,身体不由得微微颤抖。——"时间从当天的午后一直到晚上,您看今年的情况便是如此。夏季夜间开放的参观和灯火大会将在同一天举行。"证券公司的负责人依然像往常一样忙着派发茶券,他擦拭着汗水,展开宣传册给夫妇看。"虽然烟花展被取消了,但我们决定至少要保留大寄茶会这一活动。这次是

---
①焚烧树皮和藤条得来的灰,在风炉中通常用作最后的装饰。

两项大会的联合企划，一定会办成一个热闹的集会。"

对老夫妇而言，他们的住所毗邻行人专用桥，地理位置优越，而且他们还持有庭园的年通行证，茶券总是会不期而至，便利至极。通常，盛夏的清晨会有茶会举行，从天色未明开始，直至烈日当空，蝉鸣如雷。他们经常在散步时顺道参加。然而这一次，在炎热午后集结千余名客人举行大寄茶会，无疑是前所未有的暴举。

"我想您也知道，庭园内没有蚊子和惹人厌的昆虫。夜晚还有河风拂过，清凉得就像秋天。"负责人留下这些话后匆匆离去。他的举动除了逃避对其工作表现的问责之外，这事两人再也想不到其他解释。

因此，若非那一天上午家中发生了小规模的争执，他们绝不会特地在上午外出。

与桥这一端的旧住宅街区不同的是，岛上桥另一端附近的街道商家林立。但也只不过是因人口的甜甜圈化现象①所导致的，待售的房屋逐渐增多，这一情形在两地都是如此。夫妇俩也听说过"町屋②信托"——一类买下街道里的老旧民居后，将其改建成住宿设施或者咖啡店的经营案例。然而，从事此类工作的人竟会出现在自己的身边，这让两人颇感意外。趁着年迈的妻子短暂离开家的工

---

① 指城市化的过程中，居住在市中心的人口减少，郊外的人口增加的现象。
② 为民居的一种。指提供给商人居住，同时带有店铺的都市型住宅。

夫，丈夫竟招待其他人到自己家的院子，这无疑是他的过失。尽管如此，那个早上刚刚认识的来访者是否真的是前来物色房屋的信托中介，过度忖度的妻子多少也有些被害妄想。

"遛狗的时候，那个人邀请我一起喝茶，我就答应了。"

那一天清晨，年迈的妻子采购归来时，恰巧看到老人送客人出门。客人走后，老人抱着狗，心神不宁地来回踱步。当他来到厨房，便开始了解释。厨房位于楼下朝北的地方，即使再悉心清理，也难去掉那些许多年来累积下来的熟悉气味。小型爱犬显然被之前的客人逗得心花怒放，它用爪子挠着痒，晃动的躯体证实了它的兴奋。

"哎呀，是这样吗。"妻子环顾四周，也许是注意到了扫除不彻底的地方，微微皱起了眉头。她正在为刚从早市上买来的物品分类，把蔬菜搬到水槽，时而站直，时而弯下腰，一刻也不得闲。"您去散步的时候，带着钱包吗？"

"零钱包我是一直带着的，"丈夫辩解道，"我们在露台席位上吃了早餐。那个人似乎是 S 的熟人，当时刚好也在场。"

"早餐吗，那可真好。"

"她不是那种趁主妇不在就擅自闯入厨房的人，"老人对着开始擦拭玻璃的妻子的背影说道，"而且人家本来就没有进屋里来。就只是在院子里转了一圈，看了看阳台。

因为S曾向她提起过这里的景致,还赞不绝口。"

妻子回来时刚好在门口与那人撞了个正着,老人感到有些不妙,内心微微紧张。然而,年轻的女客人爽快地向她打了招呼,夸赞这里的景致优美,而妻子在那时也极为平常的和她寒暄。看到这一幕,老人才放下心来。

停下手里的清扫工作,妻子转过身来。

"那个人虽然没有明说,但您也知道,近些日子里总是有房地产公司的传单送过来。我总觉得被什么人盯上了。"

"那是你想太多。那些传单无非是无差别投递的。"

"我不想这里被视为只有老年人留守的家庭。孝他会回来的。"她提起都市生活的儿子的名字,"阳台改建是为了讨孩子喜欢。我想啊,就算是在我们死后,只要他能回到这里就好。所以我才支持花大价钱改装。而那个女人竟然……"

"不不不,她只是一位普通的夫人,真的是这样。"老人晃动着身体,急忙否认。被来回折腾的狗轻轻地吠了一声。"她可能就住在附近的公寓里。你想,那个活动不正是今天吗?她说了要去茶室里帮忙,说起来……"

"主妇会一大早就去咖啡店吃早餐吗?"

电话铃打断了两人的争吵,接通后,老人惊讶地发现是儿媳打来的。他应付过无足轻重的嘘寒问暖后,走上二楼去寻找妻子。老人看到妻子跪坐在衣柜间，似乎在寻找些什么。那改建过的阳台位于临河堤的院子一侧，尽管这段日子里挂上了遮帘，但仍能看到中游流域辽阔的风景，洁白的积雨云在天空中奔涌。院子由宽敞的回廊构成，视野尤为开阔，形成一种独特的构造，可以直接从正面遥望川中岛。今天是举办灯火大会的日子，岛屿沐浴在清晨的阳光下，似乎深处隐藏着某种庞大的生命。

"给狗开了空调，就留它看家罢。"老人忽略了背后妻子的说话声，出神地凝望着院子。

联想到随后发生的事，或许从一开始，就因毒辣的阳光热气和光反射而失常了。尽管他头戴遮阳帽，妻子撑着遮阳伞，但当他们走过专供行人的桥梁时，前方飘飘摇摇升起的热浪仍让人心有余悸。

"从前下面的河边有浴场，我在那里游过泳。"

"你总是这么说。"

二人身后是被小公园环绕的天守阁，对岸的岛屿上，码头和古老的茶店鳞次栉比。

年长者若是身着正装，便会被邀请担任事务繁杂的主宾，因此妻子一向留心穿便装。可今天她却换上了一身素色一纹和服，这让人感到困惑。即使是在熙熙攘攘的庭园侧门附近，也有不少身着引人瞩目的正装的女人。外围的森林里传来阵雨般的蝉鸣，他不由得捂住耳朵。入场后，他很快就看到烈日下放养在苏铁田里的雄孔雀。这一强烈而浓艳的光景映入眼帘，老人仿佛是因暑热，感到有些头痛。正门在岛的另一侧，那里有巴士站台、停车场以及的士候车处。两座兼设了车道与人行道的桥梁，也在那里横跨两岸。

"就连参加社团活动的女高中生们也来了，就像去年春天那样。"老人说道。

"她们说好了要在河岸边的表亲家开庆功宴，就在今晚，刚好离这儿不远。"

"你瞧，今天的帐篷真是多得很。如果没有遮阳的话，简直无法在这儿待下去。也不知道茶室里空调开了没有。"

"这段日子，真是无论去哪里都能看到许多搭起来的帐篷啊。"在排队等候的人群中，妻子倾了倾遮阳伞，"就是从这里开始进茶会喝茶吗？"

"若是说要晒干'灰'这种茶道道具，现在这个时间段倒是刚刚好，但若是把人也晒干，那还是免了吧。"老人说道。

四万坪[①]左右的庭园内，星星点点地分布着几间点了茶釜的亭舍。如果游客想要走遍所有亭舍，则需要步行超过数千米。

---

① 一坪约为三点三一平方米。

如今，Q庭园正被高气压的酷暑所支配。这座以大大小小的碧绿池塘、清澈的溪流、绵延起伏的草坪和供游客参观的长廊为主体的庭园，其设计理念源于池泉回游式的大名庭园。虽然用来借景的景致包括了位于对岸的天守阁等诸多景观，但真正令人印象深刻的，却是道路和草坪之间的竹木条栅栏。这些被巧妙地弯成半圆形的竹条被称为"波栅"，它们沿着游步道两侧，半圆与半圆之间微微重叠，绵延无尽地伸展开去。这一律动的序列翻过了中之岛，跨越了大池塘，进而向草坪的迷宫中散去，渐行渐远。今天，花花绿绿的客人们如枯叶般散在草坪各处，"沙沙"作响。盛夏里，带着浓重绿意的草地、深红的毛毯、野点伞[①]和大量帐篷交织在一起，构成一幅绝无仅有的荒唐景象。

庭园内最大的一间亭舍紧邻正门，在那里的接待室中，老夫妇遇到了两个看上去有些与众不同的人。——"居然要等上这么久。""所以我才说，我们应该先在旅店里等会儿。"

二人坐在明亮的圆洞窗前，一身旅行装束，初看之下似是母子。他们之间的气氛与周围不同，仿佛形成了一个与世隔绝的独特空间。细心观察后，老人发现二人原来是

---

①红色大和伞。

夫妇，清瘦的丈夫正小声责备着丰腴的妻子。

平日里，这个宽敞的用地并不对外开放。茅草苫下的本馆在全部楼层都安设了空调。它也被用作婚礼场馆，原因是恰巧装设了一排排拉门和一间可容纳五十人的大会场。别馆为迁筑至此地的武家宅邸，其氛围宛如道场。此外，另有一处靠边的草庵，以及面朝着莲池的舞台席位。今天，庭园各处的浓茶会、薄茶会和点心席均人头攒动，但住在附近的老夫妇却始终未能进入茶会。

"这里可以用冰水来点儿薄茶。"

"你瞧，果然如此。"

"你在讲什么呢。夏天的茶事不是也有一些吗？"

"——夜里的点灯活动才是噱头，所以到时候茶会大概会减少一些吧。"

老夫妇已经等候了近一小时，周围排队的人们也开始闲聊起来。服务人员端上了刚刚舀出来的冷茶。更重要的是，他们终于走进了有空调的地方，所有人都明显舒了一口气。

"唉，夏夜总是有讨厌的虫子。"

"今天二楼这里的挡雨板都被撤了下来，现在四面都能透风了。我之前在庭园里看到工作人员正高兴地拆除那些木板。"正在闲聊的女客人用合拢的折扇指了指上方，"听说二楼会被用作休息室，如果在那个铺了木地板的居室里纳凉，一定能欣赏到更美丽的风景吧。"

"那些挡雨板大概没怎么被撤下来过吧。早上的新闻节目也拍摄了那里。"

"小虎社长真的会来吗？"

听到那对夫妇中的妇人这样说，年迈的妻子将身体凑向他们，搭起了话，这让老人有些吃惊。

"请问，您也认识她吗？"

"嗯，我今天就是为了这件事才专程赶来的。"丰腴的夫人高兴地转过身来，"——她回国后就立刻联络了我们。这不，她之前不是还领着社里的几个女孩子去挥霍畅游，还说要去乡下的温泉疗养地看看，小虎社长的确不一般哪。"

"这些传言我也有所耳闻。您和她很熟悉呢。"

透过圆洞窗，一个身穿制服的女高中生探出头来，于是老人朝她那边看去。她手中握着一个带把手的粉筛，形状与妻子做蛋糕时用来筛面粉的那个工具相似。她还拿着一个被染成绿色的塑料盒。她像是在寻找些什么似的，环视了一周，很快又不知躲去了哪里，不见了踪影。"咦，这位是社长的弟弟吗？"

老人还未来得及思索这句话的含义，就听到从庭院方向传来了方才的女高中生的声音，伴随着孔雀金属碰撞般尖锐的叫声。

"呜哇，你在做什么？快住手！"

"哎呀，所以您的丈夫是社长的弟弟，那位专务对吗？"妻子搭话道。

负责引路的和服女性走了出来，说接下来的二十位客人可以进来了。老人用眼睛的余光捕捉到，细瘦的男人用力地一拳捶打在了他妻子的膝盖上。夫人痛得眉头紧锁，用悦耳的声音说道："好疼，你在做什么？"她在周围人的簇拥下站起身，可还没走上几步就摇摇晃晃地摔倒了，在地毯上留下深深的褶皱。随着她的摔倒，周围的人立刻陷入了混乱之中。有的人上前去安抚她，还有人搀扶着她，带她去另外的房间。负责引路的女性和清瘦的丈夫自不必多言，就连自己那年迈的妻子也加入了他们的行列，很快就不见了踪影。就这样被一个人留在原地的老人，这时心里不由得想要去传说中的二楼看看——这么说也未尝不可。一行人穿过窗外的狭窄走廊时，他就被丢在了后头。而上楼的楼梯口就在身旁，并且刚好是在喧闹的等候室里看不到的位置。

在附近的一株具柄冬青的枝干上，寒蝉的声音如同一场喧闹的交响乐，刺耳而又执拗。

狭窄的楼梯瞬间勾起了老人的回忆，他想起自己也曾在亲戚的古老农舍里见过它。对他而言，这个狭窄的楼梯带有一种微妙而又莫名的吸引力。他一步一步踩上吱嘎作响的踏板，抬头望去，可以看到茅草苫屋顶内侧的天井，天空则被它切割成明亮的四方形。若是让贫血的客人休憩，这里的二楼也未尝不可，这样的想法在他的脑海中闪过。然而他很快就意识到，这个地方远比他想象得要复杂。从他险些撞上二楼地板的楼梯口附近探出头向外看去，不由得眯起双眼，因为那里的光线太过耀眼。

老人并不清楚这个地方原本是用来做什么的，但可以确定的是，挡雨板的确都被撤走了。在这个四面透风的凉爽二楼，光滑亮丽的木地板和茅草苫覆盖的深檐，绝妙地切取了庭园风景。只是正对面的艳阳直射进屋内，让老人眼前的一切都被过量的白光吞没，侵蚀得只留下一个模糊的剪影。老人有些头晕目眩，眼前是散落在地上的包装纸和纸箱一类的物件，而在视域正中央，蒙蒙眬眬地出现了一个女子的背影，她的一只臂膀裸露在外，犹如一条洁白的蛇。而且，那是一个被扭曲成离奇角度的背影——四周还围着几个身着和服的人，她们的姿态含蓄而谦逊，宛如侍者。那位中心人物的身后，有后光围绕，充溢着一种压倒性的威严。这大概是老人此生从未目睹过的景象。直到过了很久他才明白，那是一种展示自己的姿势，就像健美比赛中的展示动作。

"——你昏倒了，可能是中暑了。"

时间过得飞快，老人在楼下昏暗的小客厅里苏醒。暮色渐浓，榻榻米的坚硬触感让他觉得安心。

"你昏倒的时候稍稍撞到了头部，要去医院里静养观察。"

"不是的。我撞见了其他奇妙的东西。"

老人说道，可他也不清楚自己想表达些什么。妻子一声不吭地低着头，用借来的团扇扇着风。家里还留着一条狗，他们不得不尽快回去。于是，这对老夫妇就这样淡出了故事的舞台。

"啊啊好可怕。"

"真的好可怕。"身旁的女高中生附和道。

"它在瞪眼，那只禽类。"

"绝对是故意的。若是被我们的老师看到了，还不知道会发生什么事情。"

"用绳子打成十字结，在顶部留一个提手，那块石头就成了关守石。但对孔雀来说，关守石的禁止通行效用可没有什么意义，茶庭①里的可怜的止步石只会被它们踢倒，还会被它们用喙衔起来带走。"

---

① 面向茶室的庭院。

"茶庭七石还有哪些来着？手水石①、前石②、手烛石③、踏石④和挂刀石⑤？"

"还有待石⑥和舍石⑦。这与考试无关。虽然在河岸边的部长家里举办庆功宴也很令人开心，但若是在烤肉店里举办那也不错啊。"

喧闹的女高中生们正在拆卸露天点茶会用的舞台，点心铺的姑娘多惠与她们擦肩而过，她在寻找着P夫人——陷入热恋的正是这位姑娘多惠。然而人们永远也不会知道，她的情人是谁，她又是如何陷入这段热恋中的——用来照明的接线板歪歪扭扭地散在四周，多惠站在广场的草坪上，望着嘈杂的人群和苍茫的夜色，心中忽然感到一丝沮丧，她不自觉地摸了摸口袋里配送车的钥匙。尽管满身大汗，但傍晚的河风就要吹来了。多惠身穿舞台幕后人员的工作制服——全黑套装，黑衬衫和黑色的纯棉裤装。因为过于闷热，围裙早就被她换了下来。一大清早她就和几名同伴一同清扫茶庭，一块接着一块地洒水冲洗茶庭里的

---

①手水舍中心的石质水盘。水盘中放置杓子，注满清水。
②放置在手水石前的石头，用来落脚。
③在茶庭中用于临时安放蜡烛，也被称为"灯石"。在黎明或夜间举行的茶会上，放置蜡烛是为了照亮使用净手池的人们的手。
④茶庭中，相隔一定间隔安置的踏脚石。
⑤置于茶室小推拉门前，用来让武士挂刀的石头。
⑥置于茶室入口和周围的石头。
⑦在茶庭中，为了增添景致，放置在适当位置的石头。

石头，紧接着是对院子进行大扫除，家里的配送任务也不能耽搁。她连换衣服的时间都没有，一整天都在像战场前线一样忙碌的水屋流水台上奋斗。

"越来越没有干劲了。"

说完，多惠才意识到自己已经十分疲倦。终于得了些许闲暇，于是她去了P夫人可能在的地方，但她期待的人影并未出现。前方也有一群活泼的高中生，在黄昏时分的游步道边，她轻轻伸出手触碰着石灯笼，那是庭园的象征。它略显诙谐，由巨大的环形灯身、笨拙的灯笠和极度短小的两只灯脚拼成。从某个角度看，它的右肩巧妙地向上翘起。"空洞君。"一个爽朗的声音传入耳畔，多惠再次想到，如果不想考虑太多的话，今天或许应该待在家里。然而，几个小时后，她会对着这只石灯笼搭话、吹口哨——当然，此刻的多惠自然无法预知自己会做出这样的举动。

"我看到你妹妹了呢，就在刚刚。"在多惠回到拥挤的亭舍后门，水屋里忙碌的人群中，有个人向她打了招呼，"那可真是位可爱的姑娘。"

"她说，现在要去参加社团活动的庆功宴，晚上还会再过来一趟。"

"借过一下，请当心。"

不知出于什么原因，一个人双手捧着看起来很烫手的炭火铲从她身旁挤过,走向有玄关的楼栋。多惠早听说妹妹借着筛粉这个看起来合理的理由,在白天已经来过一次,只是没有意料到她还会再来。多惠没有说话,只是露出微笑。妹妹在上高中之前每周要去六次道场,给多惠留下了一有空闲就去睡觉的印象。

"既然配送的工作要告一段落了,你也是时候该去换衣服了。"一个流水台上的工作人员转过身来面朝她。"负责运送的人手不够,因为来帮忙的高中生们都已经回去了。""哎呀,小多惠辛苦了。""没事没事,这不就是典礼的仪式感嘛。"——大家一边闲聊,一边戴着薄薄的塑料手套分装点心。在这片铺着防尘白布的地方,有熟练收拾茶碗的人、使用粉筛的人、负责热水的人、负责称重的人、帮忙沏茶的人、击拂茶筅的人和来回奔走清扫座席的人——水屋里自然有许多约定俗成的道具饰物,但如今,这里变成了大寄茶会战场的后勤前线,堆满了聚乙烯水桶和配送用的纸箱等毫无风情的物品。

"但二楼还有客人呢。"

社长一行人已动身前往远处的主客席了,剩下的客人不多,所以照顾起来不成问题。听到这个消息后,多惠加快脚步穿过了水屋旁的茶庭,向长廊的一侧走去。她将倾斜的关守石扶正,提着鞋子爬上陡峭的楼梯,她发现整个庭园充斥着细微的骚动。或许是到了集体点灯的时间,她站在晚风吹拂的二楼居室里,眺望着西面低沉天空里的最后一抹余晖,薄暮时分的池泉回游式庭园仿佛化作了光的海洋。最先被暮色染蓝的东侧的森林里,开始闪烁起明亮的光芒。"火星正在迫近呢。"有熟悉的声音向她搭话,但多惠已疲倦得无法再感到兴奋,没有仔细听那个声音,就开始寻找自己的替换衣物。

"怎么了,现在换衣服也不会有人看。"

"哼哼,点心真好吃。"

似乎是擅自跑来休息的双胞胎姐妹缠上了多惠。她们轮流喝着塑料瓶里的饮料。"这个是你们家送给水屋的犒劳品,对吧?"

那是两个爱穿同色或是互补色系的花铺姑娘,她们与别人的关系不好,心思都很坏。

"点心已经分发下去了,给帮工们的都是滨家的便当。"

"我们吃的一直都是蔬菜炖鱼肉之类的,还加了一些红色的东西,好像是红辣椒。"

"我们一直留宿在温泉旅馆里,感觉自己都快被泡烂了。不过,我们刚好碰上一个重大事故,有毒的热泥池溃决成灾,泥流扩散了好几公顷。我是在旅馆里的电视上看到的,这次事故就发生在大湖的对面,后来我们还去了赫伦的工房,那里还在正常营业。"

"她买来很多很多,送给我们。"

双胞胎又说起了兔子和老鼠样式的玩偶,这些纹样如渔网般细密的小东西随处可见,听说是社长逢人就送的礼物。多惠对此置若罔闻,她此刻在意的是,那个装着一整套衣服的重要包裹为什么消失得无影无踪。二楼是闲杂人等很难进入的地方,携带大件物品进出时会被人发现,多惠的头脑开始飞速运转,心却凉了下来。"那是你抽奖时抽中的沙罗正绢,我开玩笑的。"多惠一个人呆呆地站在原地,目送着说完话后就奔下楼梯的姐妹二人。与此同时,在稍远处河岸边的某一户人家里,一对夫妇正在议论邻居家那平日里难得一见的热闹。

"那家夫人刚刚过来道歉,说是给我们添麻烦了,今天比平日里要吵得多。"——隔壁年轻而活泼的人们的欢声笑语穿过庭院传了过来,盖过了掀开珠帘走入餐室的妻子的声音。

"原来是只有学生们参加的庆功宴啊。那礼仪顾问就不参加了对吧。"摊开晚报的丈夫眉头紧皱,"人们常说煮茶松风声,但那不过是炭火烧沸了热茶的声响。今天这火究竟是怎么了?上回公司烤肉聚会时的火也完全燃不起来。"

"那次可真是糟糕透顶。"妻子忆起那次的情形,耸了耸肩,"和位置也有关系。近来休业的餐馆很多,但某些地区仍有店家还坚持着正常营业。你看,我们家的煤气勉强还可以用,但我听说西边街坊那儿的煤气已经全灭了。当然,还要看使用火的时间点。像Q庭园那样的地方,如今情况如何呢?"

"待会儿去看看吧。即使在我们家这一带也有很多人外出呢。"

他们的房屋面朝着内城壕,可以眺望石墙环绕的小公园,但无法将天守阁和川中岛那一侧尽收眼底。然而透过窗子便可以看到那一方向的夜空因为灯的点缀而闪烁着微光。漫长的日落才刚刚结束,夜色尚浅。

———

"白鸟!"在女高中生团体中,有人正向远处的一个姑娘打着招呼,"小美津,你要一起去吗?"

"不事先和父母说的话,就不能待到太晚了。但我还是很想去呀。"

"住在我家对面的那位老师说是要驾车带我们去。"

"是教制作灰形的老师对吧。哇,红色的外国车。"

"步行说不定会更快。"P夫人一边这样说着,一边戴上红色细框眼镜。她陷进皮革座椅里,挽起衣袖,系紧安全带,然后转动方向盘,猛地加速。白羽忽然想起她曾听说P夫人的后备厢里一直堆满了装灰的容器,她不禁感到不安,望向车窗外划过的昏暗住宅区。即使到了现在,夜里外出时,白羽的思绪也会时不时被拉回到那段孩童时代的动荡记忆中。然而，当车辆穿过护城河畔，经过业已废弃的小学，来到有轨电车途经的喧闹主干道时，她的心情豁然开朗。这与母亲驾驶国产车时朴实的驾车方式截然不同，白羽暗自感叹。

"因为我们这个社团活动是面向初学者的，所以还没有用到炭。割稽古①时用的是茶壶或者电锅。"

最终得以顺利同行的美津满怀热忱地讲述着。说话时，车正从狭窄的道路驶向桥头，眼前的视野瞬间变得开阔。路的正对面，夜里的干河正蜿蜒地淌过河堤，灯火使整个川中岛熠熠生辉。

"哇，好壮观！"

"嗯，我觉得与其说灰形很像艺术，不如说它就是艺术本身啊。我只是轻轻摸了一下，它就塌陷得不成形状了。"

"那是因为灰不好。我会教你的，等你下次到我家来，呜啊。"

P夫人发出了奇怪的声音。这片蜿蜒的河流地带有许多桥梁，有通往中洲的古桥、通向对岸的斜桥、远离岛屿的上游新大桥以及铁路桥等，桥上的灯火在车窗外闪烁，构成一幅热闹的景象。驶过夜间拥堵的桥后，汽车灵巧地

---

①点茶前的准备工作，包括折帛纱，清洗茶具等流程。

调了个头，停在了相关人员专用的停车场里。看到来者，后排座位上的两个高中生吃了一惊，而通过后视镜可以看到，P夫人的表情没有什么特别的变化。"看，小多惠也来了。你们是姐妹，关系应当很好吧。"

车子停在了写有点心铺店名的配送车旁。"你们快来帮忙。"P夫人一边说着，一边愉快地打开了后备厢。

——"还是趁能回家的时候回去待在家里为妙"，那时候这样说的是P夫人，后来证明也的确如此。那时，石材铺社长制作了决策签，而白羽则从社长身旁飞快地伸出手，偷偷用自己的自动铅笔在签上画着横线。因此，抽签的结果才自然而然地是多惠和白羽姐妹二人。

"小美津"，"小白羽"，女高中生们在莲池轩的茶庭外相拥道别。白羽告诉美津，自己一定会平安无事地回来。随后，白羽踏上了她的旅程。姐姐多惠向南，妹妹白羽向着相反的北方前行，她们分别端着烟草盆中的小火罐和夜里茶会用的烛台。之后，她们又被再三叮嘱了相关禁忌事项。

现如今，还没有任何人察觉到在莲池轩的二楼，那四面透风的木地板居室中，遗失了替换衣物的多惠正睡得不省人事。那一夜，在Q庭园里运输火种的实际上还有一人，这个小小的事实几乎无人知晓。双手捧着生好炭火、附有台座的炭火铲，面朝河流下方，去往别院亭舍水屋的那个人——露出得意而满足的神情，正沿路返回。"没想到我竟和孔雀搭了话，还从它身边擦肩而过，它把华丽的尾羽都舒展开来，真是气派。这一路上，越往下游走，火就越难燃，流言果然不虚。所以陆堂的年轻老师赌气不干也情有可原啊。对了，相亲的情况又如何呢。"

她在途中听来了许多趣事，几乎抑制不住地想说出口，但在这里先让故事回到正轨，回溯到将红色沃尔沃停在相关人员专用停车场的三人组那里。

——从那里眺望，对岸的普通停车场占据了一大片区域，在夜间变得更加拥挤不堪。

气温大幅下降，夜晚的空气中透着些潮气，人潮中，几道身着浴衣的身影零星地在夜色中浮动。极目远眺，那边有茶铺和冰淇淋小摊、在灰暗角落里的历史资料馆以及被朦胧灯光包裹住的浑圆灯泡。入口处点缀了些彩灯，巨树落下斑驳的影子。而在白羽所在的这一侧，正门附近的煌煌灯火照亮了每一个角落，三人不断地穿越人潮，向前走着。白羽的同学美津似乎说了些什么，但谁也没有听清。带头走在最前面的是P夫人，她端着装在箱子里的风炉，而其他人也抱着沉重的行李，步履蹒跚。

"好吓人。"混在拥挤的人群中间，美津通过大门后用僵硬的声音再次说道。

在听P夫人逐一说明今晚流程的工夫，目的地已经近在眼前。选择离正门最近的亭舍真是太好了，若是再远些，那搬行李可真够受的，白羽心里暗想。虽然她们已踏进了投光灯密集的苍蓝色灯饰区，但是离将绚丽光影投射在池塘中央的中枢区域还有一段距离。自从升入高中，白羽就将社团换成了文化类，这是为了减轻母亲的负担。对于同父异母的姐姐，她们生活在不同的家庭里，近来也极少见面，白羽自然没有什么特殊的感情，今天的碰面，也只是一次偶遇。不过这让她捎带想起白天在亭舍里遇到的双胞胎，她们今天身着粉色和水色两种互补色系衣服。那究竟是怎么一回事，只因为是双胞胎姐妹，她们就一副得意的样子？白羽不由得再次感到气恼。此时，她察觉到友人正向她求助。"——这是什么，好可怕。"在未被灯光映照到的浓密阴影里，她看到友人的表情夸张地扭曲着。

"肩膀。从刚才开始一直有人抓着我的肩膀。"

"喂"白羽以惯用脚为轴猛地转身，看向身后。然而，行人大多已经涌入了另一条道路，湛蓝的地面上只有波栅摇曳的影子。

"我听说这里从前不是庭园里的草坪，大部分都是农田。这是为了迎合当时人们的喜好而人工修造出的田园风光。"

P夫人自言自语着，率先走进了篱笆幽暗的庭大门。本馆的接待处更为明亮，人影络绎不绝。白羽稍稍犹豫间，美津就把身体靠了上来，紧贴着走向本馆。记账台前的几个人惊讶地抬起头，其中一人是清晨散步时偶然与老人相识的年轻女子，在她身后，是个从上午就被遗弃在这里的衣物包裹，失主不知所踪。但这一切很快就会水落石出。

"好痛——"

丰腴的妻子含混不清地说道，她的嗓音十分悦耳。年轻的丈夫本能地缩回伸出的手，唖唖嘴巴。"你压了我的肩膀对吧，就在刚刚。很痛欸。"

眼前黑暗的阴影深处，的确有几股生物的气息。没人能想到在远离照明区域的北部森林里，还隐藏着一间禽舍。微弱的光线只能照亮极少的一部分，似乎这里的活动范围被限制在了成人胸口的高度。树丛间的空地里，不知为何悬挂了严密的覆盖网。

"有一只雄的没有回来。飞翔时眼睛通红的那只。"

"它还是只小鸟的时候，倒是和其他的鸟没什么不同。"

两名员工一边闲聊一边从清瘦男人的身旁经过，至于他们说的那只鸟，他的确在亭舍的茶庭里看到过。年轻的丈夫脑海中浮现出了那只眼眶四周鲜红的孔雀的残像，正屹立在黑暗里，充满了暴力美学的气息。"是灭绝物种留下来的DNA吧。"他猜测，除此之外也没有其他的解释了。

"怎么会这样。"

"我已经厌倦了逃避和躲藏。"

在打着观光旅店旗号的招待所里，年轻的男人逗留了几日。这期间，服务台的待客态度越发恶劣。每每听到关于姐姐花大手笔去旅游的闲言碎语，他都气上心头。多年来，他在工作上有名无实，只能坐在冷板凳上。不仅如此，那场突如其来的事故还让他背上了连带责任。"既然我们要去参加夜里的茶会，那么在开始之前就待在旅店里好了。我们回去吧。"

妻子撑不住肥胖的身躯，走路一多，膝盖就开始肿痛。男人扶着她，在庭园里慢慢地散步。此时难挨的闷热，刚好和失意的自己相衬，男人不由得想道。

"这里有座丹顶鹤的墓。是当年养在这里的那只。"

"在我还是个小孩的时候，它还活着。感觉也没有过去很久。"

"大家都没想到，它们如此轻易就灭绝了。"

大网的影子如蜘蛛网般覆盖了地面，随着动物们振动羽翼，浓郁的鸟类气味从禽舍的深处传来。孔雀的红眼睛满含愤恨，转瞬间，男人的右肩被冰冷的爪子紧紧抓住。

"那到底是什么？"妻子额头上的细汗黏住发丝，她站在前方，身后什么人也没有。

与此同时，在远方，那片东南角的苏铁田里，另一位工作人员正焦急地翻找胸前和腰间的口袋，寻找拖拉机的钥匙。孔雀飞翔的影子越过池塘与水榭。在挂满灯饰的岛屿上空，赤星兀自沿着月亮的轨迹回旋，洒下光的颗粒，或浓或淡，笼罩了草地上那台被闲置许久的小型拖拉机。钥匙孔毫无防备地暴露在各种异物面前，只要有能够插入并旋转的物体，便会飞溅出虚假的蓝色火焰，随时准备启动引擎。就连点心铺配送车的钥匙，也同样可以启动它。

多惠紧紧攥住钥匙，就这样迷迷糊糊地做了个梦。

据说虫洞生成在采石场的山麓处，如今那里聚集了许多人，浩浩荡荡的人流仿佛一条黑色绒毯。采石场是一座裸露的山丘，被挖得凹凸不平，形成了白色的阶梯状斜坡。她似乎曾在儿时翻阅的黑白相片里见过采石场，多惠一边这样想，一边机械地清洗茶碗。

不知不觉间，人群已经聚集到了很大的规模，几乎将斜坡淹没。离自己最近的一群人对这里的一切事物感到好奇，七嘴八舌地讨论着。他们的动作僵硬而又夸张，声音响亮而嘈杂。这一盛况一直蔓延至遥远的地平线上，如同蚂蚁般大小的来客连绵无尽。待洗的茶碗越积越多，里面的茶水沫都被喝尽了。似乎有一个女高中生从圆洞窗那边窥看，那人一只手拿着带把手的粉筛，另一只手捧着被染成深色的塑料盒。她不是自己的什么熟人，只是一个普通的女高中生罢了，多惠心想。塑料盒的颜色深得发黑，似乎更贴近于深紫色。

在黑白照片中映出的采石场上,虫洞终于从遥不可及的山巅坠落。它闪闪发光,涌出冰冷的云雾。多惠讨厌这样的地方,她开始反抗,渐渐上浮到梦境的浅层。然而,在山脚下急速流动、转瞬即逝的人群里,似乎混杂着一个多惠熟悉的面孔,那人露出一副走投无路的神情,似乎正回头望向自己,使多惠内心留下了如针尖搔过般的违和感。

"到了秋天,火就完全烧不起来了。"

这话是市政府来检查火势的职员说的,不知为何他出现在这里,不耐烦地插起了话。"不查明实情怎么行。所以要抓紧时间。"

"想要那些只肯在盂兰盆节和正月回来的人也到场,需要上级施加压力。也正因为如此,今天才有上千人不惜冒着酷暑前来参加。"

"大姐头,注意安全。"

妹妹调皮地开着玩笑,手里提着升入高中之前使用过的破旧钉子鞋和护具袋,那所令人念念不忘的老先生的宅邸就坐落在河边,终日被雪白的落樱覆盖。在白色的乳钵里倒入筛好的灰,这灰经过小心的研磨,肌理如同沙漏里的细沙一般细腻,松松散散地堆积。

Q庭园所在的川中岛并非天然在河中形成的,而是由人们在河流大幅度转弯的位置近乎笔直地修凿出一道航道后,形成的一座人工岛。因此,背后一侧河岸宽阔,水流狭窄。从樱花树蔚然成林的老宅邸眺望,那里的景色尽收眼底。

"虽说这里看不见那座城池,但据说当初修建它的目的,是为了守护主城的后方。"

讲述这些的是老先生。他的夫人是灰的匠人,近来,她经常因为长子的离婚纠纷一事不停地与他发生争执,不过多惠从未撞见过他们的争吵。在规定的时间内完成各种样式的灰形,是初学者需要多加练习的一项技巧。P夫人偶尔也会过来帮忙,她主要负责照看灰。用煮好的番茶和焙茶给灰上色,然后晒干,用锹破开结块的灰,再多次过筛。多惠觉得这是一个十分荒蛮的世界,但经过长年累月悉心照料的灰,似乎有它独特的价值。"夏天的基本灰形是二文字押切[①]或丸灰押切。若是制成风景样式的灰,便是远山一片或者两片。这时候必须使用大风炉。"

白皙的手轻轻地挪动灰匙,利落的几何线条就奇迹般地诞生了。这与自己孩子气又稚拙的灰截然不同,她总会想,自己若是能化身为昆虫,蜷起身子钻入灰中该有多好。灰匙触碰到藏于灰中的铁质火架的突起部分,随后沿

---

①押切指用灰匙将灰压平整后塑形。二文字押切为最常见的灰形之一。

着平缓的斜坡滑落，抵达用火箸画出来的水卦之上。然而，梦无声无息地来到了大堂内座无虚席的茶会上，这场茶会似乎是P夫人举办的。邻座客人沉重的身躯倚靠过来，昏暗的茶室微妙地变得混沌，多惠没有余裕去品味社内的木质地板所蕴含的意趣。

"感谢诸位今天特地前来参加当家的相亲宴。"

奇妙的致辞声在耳边回荡。多惠突然察觉，客人们都将扇子置于身后，身着正装，只有自己穿着黑衬衫和黑色棉布裤，怀中也没有预备好帛纱小手包。更糟糕的是，这身衣服还长时间吸收了汗水和污垢，显得十分邋遢。怪不得P夫人态度冷淡，甚至没有把目光投向自己。多惠忽然感到一阵悲观，不禁放声大叫。在二楼漆黑的居室里，衣物被汗水浸湿的多惠终于醒来，踉踉跄跄地走下楼梯，仿佛梦仍在继续。

"游行队伍从外面经过了，快看快看。"

这句话犹如故事的转折点，运送茶水的队伍络绎不绝。不知不觉间，一只坚硬的爪子深深地插进了多惠毫无防备的右肩。此时此刻，在一个与岛的方向截然相反的某个地方，一张有些磨损的纸牌被码在桌面上。关于这个地方的确切信息，我们还不得而知，只知道那里被大量的玻璃包围，除此之外，我们还知之甚少。

"——好多张茶人的卡牌。怪物、桥、孔雀、石灯笼、怀孕的女人，欸，女高中生的纸牌也出现了。"

"洗牌吧。茶人的卡牌太多了，关守石、王牌双子还在逃亡。"

"迷恋石头的业余摄影师、情敌、怪物，欸，又出现了女高中生。白色的眼球上有星星的那个孩子。"

"在一个很强的回合出现了呢。""真突然。"

"她说不定会成为最强的一张牌。"

卡牌看上去好像是淡蓝色和黄色的星星（the star），但由于周围光线太过昏暗，无法断言——枯枝般的手拂去身旁玻璃上的灰尘，只见外面暗淡的天空中飘浮着白色光晕，那是对岸灯火辉煌的天守阁。天守阁里有一部如玩具般迷你的小型电梯，升升降降。

"话说，那怪物在做什么？"

"刚从二楼下来呢。"

妹妹白羽在莲池轩的主屋旁捕捉到了多惠的身影，她正踉跄着走下楼梯，摇摇晃晃地沿着房檐下的阴影向前，然后转了个弯。紧随其后，又有什么人从同一个楼梯走了下来。那人究竟是谁，大家都不得而知。

白羽天生就有敏锐的夜视能力，从沐浴在月光下的冬青树上的蝉蜕，到藏匿在人工种植的荻花丛中的孔雀，无一不在她的视野之内。那只鸟曾在白天时现身，没想到它还在那里，这让白羽不由得暗自吃了一惊。

"小虎社长来了。"身旁的 P 夫人说道。一路相伴至此的友人美津却突然皱起了眉头,当场昏睡过去。白羽先向周围的人说明了这里的异常状况,再从一旁搀扶,试图撑起她的身体。但不论怎么努力,都无法令她睁开眼睛,可能是体力逐渐消耗殆尽的缘故。

"莲池轩草庵的夜间茶会是她举办的吗?在夜间茶会上,可以牵出很多根电线,就算火难以燃烧也不妨碍照明。"

"那个人到底是谁呢?他似乎有四只或六只手臂。也说不定是我看错了,那不过是些影子。相比之下更奇怪的是,为什么我在每个地方都会和姐姐偶遇?"

外面似乎有吵闹的乐队靠近,他们奏响走调的吹奏乐,在拉门与回廊上留下驳杂的影子。白羽突然强烈地感觉,住在自己和母亲对面的 P 夫人,才是真正身份不明的怪物。

"呵呵,不用那么激动。"

"我出生时眼白上就有星星,这和我是后妻的孩子没有关系。最开始叫我白鸟的是我的父亲,大概是因为他不愿叫我本名。我没有想到本家(直系)的老人们会说我特意加入茶道部是为了讨好家里,唉,这又是什么伎俩,真烦人。"

白羽揉了揉右肩背,说道:"把重要的朋友带到这里是我的责任,为此我什么都愿做。不仅是文科和运动一类，其他技能我也样样精通。我能做些什么？请尽情吩咐我。啊啊，我更期待了。你说呢，大姐头？"

"笨蛋。你来做什么——"

那个时候，王牌双子已经潜入庭园，前来盗取火种了。藏匿同辈的东西这等不容姑息的恶行败露以后，她们二人就再也无法正面向多惠搭话了。孔雀啼鸣，华丽地升入天空。狭窄的空间里，不断有人从后方涌来，甚至拥挤到失控的程度。但就在这时，决定人选的抽签仪式开始了。

"喊，原来是沙坑。离别之际我听到她这样说。虽然我不知道那是什么意思，对对，那个姑娘穿着高中制服，所以我应该没搞错。"

男子A说道，他的颈项上挂着一台配有长焦镜头的单反相机。后面也是他的证言。

"因为我是本地人，那种带有三道白杠的水手服从很久之前开始就一直是这个样式，所以我相当熟悉。对对，向北的环线平时没什么人经过，是条不起眼的路线，禽舍和旧马场附近都没有安装照明设施。只是，我的兴趣是摄影。对，你也知道。我喜欢拍石头的照片，但那一夜，我去拍灯饰了。你问我拍摄的地点？噢，是在北方的茶田附近，我看到路边有一座茶棚，不过接待客人的茶会已经结束了，那里空无一人——对对是的，我的确进入了草坪，但也只是片刻而已。为了拍摄远景，我还使用了三脚架。然后，最开始是听到远方传来一句，'叔叔那样不行，很危险'，是个活泼的小姑娘，我那时候觉得。她从西北方黑黢黢的森林里走出来，我那时看到沿着连绵的半圆形波栅，有小小的火苗在隐隐闪烁。但实际上，她正被孔雀追赶。对对，虽然本人表现得若无其事。为了不让火苗熄灭，她一边保护着火种，一边运送。"

——

"哦哦，接下来是我们吗？我夜里去Q庭园，自然是因为想看灯饰和游行。我知道下午也有一些活动，可是我白天还要工作，当然，他也是一样。我们订婚了，所以都要努力存钱——我们约好了一起去，到那里只需要走很短的一段路，于是我们选择了步行。"

这些证言来自姑娘B。

"我本来就没有车，更何况我还听说堵车很严重。到了那里后，我发现的确非常拥挤，从桥边一直到人行道上都挤满了人，沿线巴士也慢吞吞的。尽管如此，灯火辉煌的夜晚，岛屿显得分外美丽，恍若梦境。更出乎意料的是，还有微风吹过河面，凉爽宜人。无论如何我都不想错过游行，就加快了脚步。"

"我们选择的路线和大多数人一样，是向南的。因为灯饰的中心就在那个方向。若是朝角落里的莲池走去，一路上大多是裸露的岩石，但如果向着宽广的中心前行，四周就明亮辉煌，令人眼花缭乱。所有的树木都仿佛在光芒中燃烧，我们接连遇上两个形状奇特的漆黑水塘，也有几处架了桥的中之岛。从外围观赏整座庭园时也是如此，在水面上投下倒影的华丽灯饰，为何会那么美呢。假山也因那蓝色的灯饰化作不可思议的世界。然而，相较于这一切，更重要的无疑还是游行。起初我看到在大池塘的对岸，发光的山车①和乐队正缓缓前行，我想立刻追上去，便忘我地拉着那个人的手臂。欸，你说孔雀？我们没有看到。不是说鸟类会夜盲吗？到了夜晚，它们一定在笼子里睡觉吧。真是个奇怪的问题。"

"——我正在用编号器进行整理，你是说Q庭园中石头的照片吗？比如被分割成九十块运输过来的大块石头，还有有趣的阴阳石和茶庭尘穴②的窥石，我都拍摄了很多。我认为无论是什么石头，去了解它的产地和由来才有趣。你问的是这里的吉祥物茶庭灯笼吗？令人意外的是，它的编号还很新，大约是园内的第十六位。它的上中下部分的石头年代不尽相同，所以是拼凑而成的灯笼。偶然间，它

---

①举行祭典时，被众人抬起的、用花和人偶装饰的花车。
②弃置树叶和尘土的孔洞。

被拼装成了诙谐的形状,仿佛有了生命的灵动,惹人怜爱。那一晚,我打算拍摄大池塘灯饰的远景,便前往编号第四十位左右的丹顶鹤墓地。你问那个高中生小姑娘吗?我曾试图跟她说话,但她没有停下脚步,而是一直向东边的梅林方向走,大约也是游行队伍经过这附近的时候吧。空中盘旋的孔雀,也不知不觉间消失了。我不知为何感到有些扫兴,就早早回去了。话说回来,沙坑是什么意思?自那时起我就一直在思考这个问题。"

"在有虫子飞进茶碗的地方,又怎能焚香点茶呢?还不是因为上级和平级的施压,才导致了如今这种局面。本来还决定好要在夜里撤掉摊位什么的。每个地方的情况不尽相同,也不是所有会场都全馆配备了照明和制冷设施。"

一个身着和服的女人插起了话。她的和服腰带上挂有工作人员的标识,也就是长长一条下垂的帛纱。

"即便如此,越往下游走,火就越温吞吞的,很难燃烧。这流言从前便有了,只是没有想到会难燃到这种程度——若要我稍作说明的话,正门一侧,以壹亭舍的莲池轩为起点向南前行,便是苏铁田附近的贰亭舍、瀑布与曲水的叁亭舍。若选择向北走,经过禽舍和旧马场后,便会抵达有着路边茶棚的肆亭舍。经过茶田和梅林里的伍亭舍,再穿越樱林,最后抵达的是位于小岛尖端的陆亭舍。这里之所以被称为陆堂,是因它原本是岛上的第六个亭舍。尽管它是个寂静又不起眼的草庵，但下游风景优美，附近还有大温室，作为相亲地点，实在再合适不过了——不不，我所在的是其他亭舍。不不，鸭居[1]损坏的也是其他亭舍。相比之下，陆堂的年轻老师撂挑子不干才是不得了的事。听说古旧的杓子的柄也被折断了，后来我去拜访时，的确发现就连地板也下陷了一些。点前叠[2]也——唉，我怎么说得乱七八糟的。我想说的是，陆堂的火断了，壹亭舍特意派人过来查看，因此我也就不能不让那人进门。那时候天已经黑了，所以事先约定好的撤摊工作也没有完成。"

"——是的，我混在换装游行的队伍里前进时，看见了大温室，在距离河流对岸的城池很近的地方。那个地方位于用地的外侧，所以我只能看见藏在森林深处的二楼部分，那里很是昏暗。啊啊，那里面有人在，那时我想到，那里虽然年久失修，却仍在使用。若是要问我为什么记得这样的细节，那是因为后来我与同公司的姑娘一起在大温室里喝茶时，从她那听说了发生在那里的事。我们为了赶上游行，没来得及先吃过晚饭，于是便匆忙地抓了点东西吃，导致了我们在步行途中依旧饥肠辘辘。参加换装游行的人们似乎有个不成文的规定，他们不能讲话，只能

---

[1] 和室的拉门和隔扇上方有沟槽的门闩。
[2] 茶会的亭主点茶时落座的地方。

用奇怪的肢体动作来回应我们。后来我还听说，大温室里也举办了茶会，那是一场提供甘甜的茶水和美味的点心的宴会，这让我感到些许遗憾。所以，那个地方要因为年久失修而被拆毁了吗？哎呀，原来是这样。植物几乎都被搬走了，空调也停用了，的确，这些我倒是完全没有注意到。我可以介绍给你那位姑娘，只是如果她知道是我引荐的话，可能会有些不快。嘿嘿，因为我知道她对那个人暗生情愫。至于那些行踪不明的人，我什么也不知道。很遗憾帮不上什么忙，但游行的确很有趣——如果你混在里面一直走下去的话，好像真的能抵达什么地方。行踪不明的人，似乎不止一个。这些日子里火微妙的难以点燃，真是奇怪的一夏呢，今年夏天。"

"——虽说他是年轻的老师，但白天也要外出工作。他性格温和，对自己的母亲也是万分珍重。不，相亲的那位是离开家的次子。不知道他是学生，还是已经工作了，可能因为这次回家是受父母的指示，所以他显得有些焦躁不安。我平时很少见到陆堂的老师，我猜他的弟子们也是如此，所以发生争执也在所难免。"

接着是姑娘 D 的简短证言。

"是的，大温室里举办了茶会。我在那里睡着了。你是那位姑娘介绍来的吗，对此我并不太愿意多说什么了。我没有被迫喝下什么奇怪的饮料，只是一种甘甜而香气呛人的东西,有些像药汤,薄荷茶也是那种感觉对吧。用来垫肚子的茶点应该是干巴巴的落雁[①],虽然也没能填饱我的肚子。比起这个,那时实在是太暗了。已经决定要拆毁了吗?我的确没看到什么植物。同行的男友牢骚不断,当我感觉已经很累了,想要回去的时候,却有人开始为我们用纸牌占卜。那真是太扫兴了,所以我才不愿多说。我不知怎的就睡着了,当我醒来时,男友已经擅自回去了。我在黑暗中好几次撞到了东西,很痛。是的,好像是有个杂草丛生的小山丘,我跟跟跄跄地向里面走了几步,那种事情怎样都无所谓吧。出来后,我碰上一个工作人员,他说已经是闭园时间了。我真是愚蠢。但是作为回报,我拿到了这个。虽然很小,但好像是某个名牌的陶瓷像。还是真品呢。这是工作人员用小型拖拉机把我送回出口时,在装货台上找到的。我回到家后一看,不得了,衣服上尽是草坪碎屑。我说这些应该够了吧。"

"——嗯?十六号的空洞君怎么了?你今天专程赶来,原来就是为了调查这个。嗯,自那之后,它就右肩偏低了。就像是镜像,或者底片那样左右翻转过来,你不会怀疑我是犯人吧?"

男人A突然起身,连声吼道:"比起这些,更重要的

---

①干点心的一种。由米、麦、大豆、小豆等磨成粉,再放入砂糖,混合后倒入模具,干燥后定型。

是沙坑对吧。沙坑，到底哪里有沙坑？我希望你能把那个让我无法理解的沙坑姑娘找来。"

关于身穿制服的女高中生白羽，还有很多目击者的证言，但与此相对，声称明确见过多惠的证言却寥寥无几。白羽搬运的火种是夜间茶会用的手烛，她手里拿着的蜡烛迸发出明晃晃的火光；而多惠运输的是烟草盆中的小火罐，单手便可以托起来的容器里盛放着埋在灰里的炭火，没有任何引人注目的特征。

女高中生美津和匆忙换上浴衣的多惠身处同一个地方，她在半梦半醒的状态下昏昏沉沉地度过了那天，她在被送回家后的几天里也一直处于不断沉睡又苏醒的状态，意识和记忆都模糊不清。与白羽在篱墙茶庭相拥惜别，在白色断崖的山脚下看见友人的姐姐，和举行的那场抽签仪式，在她的记忆里还相对鲜明，只是她不记得当时抽签的目的是什么。

"姐姐，你是不是受到了什么威胁了？"

白羽来到多惠更衣的地方，那一瞬间，她用充满关切的语气问道。

"为什么这么说？你帮我拎着腰带这里。"

"你明明可以不去。"

"拿稳了。好了，可以松手了。有人在喊你了，快过去吧。"

"本以为这种地方都是些邋遢的老人,没想到却来了这么多女人呢。"

多惠开始留意衣襟的褶皱,拉拽调整。在她对面的那块明亮区域,女人们依次落座,挤满房间,似乎沉醉在抽签仪式的余韵中。她们依偎相拥,五指交缠。就算双胞胎混入其中,半睡半醒的美津也无法辨认出她们。那一夜,白羽本应只前往北方的路边茶棚和梅林中的亭舍,但令人难以置信的是,从南方各处都传来了曾放行过运输火种的女高中生的报告。她大概是想自己成为挡箭牌,使得姐姐得以顺利通过。

"我要去下一个地方了,没有办法一直招待来客了。"

女社长带着几个人飒爽地离开,脸上透着醉酒后的红晕。她用沙哑的声音说道:"双胞胎由我负责带走,我迟早还会带她们回来的,不要担心。"

"嗯?不知道她们的下落?嘻嘻,她们在这里。"——女社长轻轻拍了拍一个可以装下水罐的桐木箱,上面挂着纸签,由真田纽[①]绕过四面后绑紧,所以并未发出声响。在半梦半醒之间,美津也隐约看到了这一幕。记忆中她还在其他地方,看到了白羽像是在做准备活动一样,默默地拉伸着肌肉。只是她不明白白羽这样做的缘由。

---

①编织布带,材质多为棉布和丝绸。

"那么，空洞君如今在做什么？"双胞胎中的一人突然抬起头问道——即便是为了反映茶道那喜好小巧玲珑的趣味，那个闲寂草庵也未免太过幽暗狭窄。

十六号，空洞君，绝妙的右肩偏高的茶庭灯笼。

——它屹立在向南的行程当中，几乎是与起点重叠的位置。很久以前，它就孤独且安静地矗立在草坪边缘，甚至在游步道上也能触手可及。中空的圆环状灯身、笨拙的灯笠和两个短小的灯脚。当时正值夜晚，大部分游客都涌向了园内的游行队伍，而多惠则钻入小径、穿过松荫，踏进了布满投光灯的蓝色草坪。就在这时，从石灯笼的背后发出了细微的声响，一个小小的物体滚了出来。从波栅的缝隙滚到路上的，是一块石头，上面用绳子打成十字结，留出了提手。那是一块关守石。多惠仔细观察，发现草坪和地面上零星地散落着五六块相同的石头，它们拖着长长的影子。

此时，多惠穿着有五颗扣别子的白足袋，趿着夏天穿的草履，正绢纯色一纹夏季浴衣配上罗纱织锦腰带，右手小心地捧着绘有灰形的青花瓷小火罐，胸前藏着她珍重的配送车钥匙——在茶庭中，多惠被象征着禁止通行的关守石拦住，无法继续前进。她注视了关守石片刻，发现有更多的石头从石灯笼的左右两侧滚落下来，每一块都系着十字结。从这里开始，多惠在很早的阶段，就触犯了大部分事先叮嘱给她的禁忌。

"他的特技,是孕育关守石,并使它们增殖。因为一个人太寂寞了。"

"你说的他,是它对吗?"

果然,这是双胞胎姐妹正在闲聊。在一个还不到一叠半大小的地方,她们像是在玩丢豆袋游戏似的面对面正坐着。

"——只是无论如何,石头还是有大有小,有的绳结也没有正扣,很不统一。但是他的这份努力值得肯定。"

"带走关守石的是孔雀对吧。用喙衔起来。"

"所以说嘛,空洞君和孔雀是不共戴天的关系,此事人尽皆知。"

双胞胎里的一人似乎对此格外了解,她又凑近了一点,大概是一个膝头的距离。空间变得比半叠更局促,但不知为何,前后左右上下仍在不断收缩。

"就这样看来,园内也有复杂的势力地图呢,围绕着草坪的三角关系之类——讨厌,这里真的好挤——因为自己是王牌,所以就太过得意忘形,以至于轻易应允别人去调度火种,真是运数已尽。虽然不知道相亲的来龙去脉,但是我认为,明明不该让小施恩惠的机会平白溜走的。我们又不是名贵的茶碗,被藏在匣里未免太过分了。虽然可能没有人在听我在说什么,喂喂,请放我们出去。"

孔雀先是威吓为盗火而潜入庭园的双胞胎，引起轩然大波，随后追赶了向北绕行的白羽，但似乎又同时出现在多惠面前——之所以这样说，是因为不知道它们是否为同一只飞翔的孔雀。岛的上空，赤星依旧围绕着月亮回旋，由换装队伍与灯饰山车组成的热闹游行如磁石般不断吸引着游览的客人，越来越多的人加入在园内阔步巡游。接着，追随着分散向南北两方的火种，草纹①在黑夜里一齐运动。被修剪得切口锋利的草丛和处于生长期、长势正旺的草丛一边吸取幽暗的地下水，一边在夜里如狂风呼啸而过般移动。

"若想通行就先报上名来。"

"白鸟。"

她跑过北部的旧马场，报上姓名时，用了"白鸟"这个名字。她一边观察着那个在运动的草纹上若无其事地架起三脚架的游客，一边走到沙坑旁。

"——这个孩子的父亲已经不会回来了。"

如同泄了气的皮球一般，衣着凌乱不堪的女人说道："丢下孩子离开可真是残忍。为什么不带我们一起走。"

匆匆一瞥，这人又是谁呢，在场的人里，没有人知道她在白天穿着旅行用的西装。

---

①即高尔夫场上草的倾斜方向，在比赛中它会在极大程度上影响到推杆的力度和线路。

姑且先让留在莲池轩的男秘书接管全部事宜。他又是四处打电话订下临时住处，又是找来帮手，就连每个月的津贴事宜也都利落地处理完毕。P夫人在一旁抱着的似乎是刚刚诞下的婴儿，神情凝重地注视着布满皱纹的小小脸庞。她暂时先将包袱皮折成三角形作为襁褓，心里估摸着接下来需要让水屋的人再多拿些布过来。

"究竟是什么时候生下来的，是不是我自己生下来的，我都记不清了，但无疑，身在此处的是我和这个孩子。我不知该如何是好，在事情还没弄清楚之前，哪怕想走，我也不能离开。"

女人不停地倾诉着。她有着如同小女孩般有着甜美的语调，只是不知为何她的双目被大量眼屎糊住。虽然在场的人中没有人看到过她白天那挺着大肚子的肥胖身体，但人们对此都心照不宣，与她同行的男人眼睛变红，朝着北方或是南方的方向离开了。

"——所谓的禁忌，究竟是什么呢？"

秘书挂掉了电话，回答道："那是最基本的礼节，总的来说。"

"礼节。"

"虽说或许多少有些不同，但换一种角度来看，那也是保障自身安全的一种方式。"夹在日程表里的那些写在便笺纸上的条款，事实上也是这位秘书作为代理来诵读的。那时两个姑娘被挑选出来，从 P 夫人身旁离去。在四方尽是桥梁的这个地方，P 夫人自身的力量（power）虽有所增强，但并不足以把自行离开的人拉回来。在悉心整理后变得耐燃的灰里，她用火箸放入了放射状的炭火，然后把小火罐交给多惠。在下个地点等你，这是一个朋友的留言，他违背了夜间茶会上的约定。

包裹在罗纱绉绸里的婴儿还没有睁开眼，不住地翻身。

"对了，这是男孩还是女孩？"

"唔，让我看看。"

掀开襁褓，无数张期待的脸探头窥看，所有人都彻底安下心来，神情放空。那时，眼白上有星星的女高中生迎面撞上了灯饰山车的游行队伍，陷入了进退维谷的境地，但事态还没有发展到最糟糕的地步。

多惠噘起嘴，吹起尖锐的口哨。

禁忌，不可践踏草坪，不可吹口哨，禁止使用拖拉机，被搭话时须回应，弄丢了火就在原地结束，要留意关守石，与大温室无关。

此外还有禁止返回的规定，但此事过于理所当然，自然不必多言。

多惠不止一次吹了几声口哨。——故事可能有些前后颠倒，那是发生在多惠弄丢了草履，踏着足袋，在红眼男子的穷追不舍下只得仓皇逃窜的时候。退路被切断后，她只得在草坪上奔跑，茂密的杂草缠上五颗扣别子上方的脚踝，她费力地将它们撕碎。就在奋力逃跑之际，拖拉机的驾驶台出现在她眼前。地点就在苏铁田附近——她顺利地转动钥匙，启动引擎，那辆脚踏车型的牵引车在起伏的草地中缓慢前进。蓝色灯光映照下的草拉动着装货台面，传来微弱的阻力。每每靠近投光灯，黑色的阴影都会拉得更长。即使有人在后面追赶，也理应会被草坪阻碍，速度放慢。她单手将小火罐抵在胸前，只不过小火罐里的炭火，怎么看都空落落的，火光也暗淡下来。为了不弄乱悉心整理的灰形，她用力噘起嘴唇向着中心吹风，却明显夹杂着些口哨的音色。

"因为我惹你生气了，所以我以为你不会来了。"

白鸟在莲池轩碰巧听到多惠在取回衣服包裹时这样说道。对方是戴着红色细框眼镜、住在白鸟家对面的P夫人。然而白鸟对此并没有太多兴趣，而是情绪高涨地一个接一个走遍了所有亭舍。她千里迢迢地来到了位于岛最深处的陆亭舍，前来送火——大寄茶会早已结束，人们正忙碌着为器具装箱，还对茶具口袋上的真田纽应当向左还是向右一事各持己见。显然在运送火的期间，这里什么都还没收拾好。黑黢黢的路旁茶棚里也还有人驻留，若要强行从那人身旁通过，就需要相应的寒暄技巧。沙坑与灯饰游行在之后同时出现。

石灯笼空洞君被红眼睛的孔雀踩踏了头部，不满地嘀咕了一声。

飞翔的孔雀在空中婆娑起舞，落到石灯笼的灯笠上。将时钟的指针稍稍向前拨回，那时红眼男子还没有出现，多惠还没有吹口哨，头顶的黑暗中也还没有出现任何事物。那时的多惠没有预料到男人会从几乎没有藏身之所的石灯笼背后突然跳出来，也未曾想过自己会踢散关守石——不知从何处飞来的孔雀在多惠面前扑簌簌地整翻，生有绿色花纹的长尾羽在它身后摇摆着。它喙中衔着一块系了绳的新石头，还摆出一副偷偷窥看多惠脸色的神态。它用力一甩头，掷出的石头在草地表面弹起，滚落到路上。此时，关守石的数目正不断增长，已经超过十个，达到近二十个。

"把它们搬走，难道不是孔雀的任务吗？"

多惠不知不觉间出口抱怨。被狠狠踩踏了头部的空洞君"唔唔"地应声——被搭话时，及时回应才符合礼仪。

"喊，居然是沙坑。"白鸟说道。

而白鸟这样说，是在几分钟之后——她穿着白底的夏季水手服，绀色衣领上绣有三道白杠，裙摆只够勉强遮住膝盖，脚上是茶会必备的白袜，搭配上一双惹眼的球鞋。目前她与对方尚有距离，吹奏乐队和灯饰山车熙熙攘攘地朝着幽暗的梅林行进，率领着换装队伍和游客大军，浩浩荡荡地占据了路面。幸运的是，盯上烛火的孔雀不知去向，白鸟回头望去，只见草地上架起三脚架的业余摄影师的身影，不知为何正渐行渐远。这是因为草纹在运动，她即刻猜中了原因。

眼见着人头攒动的游行队伍带着光亮渐行渐近，她开始暗自思量，为了回避正面与他们产生行路上的冲突，究竟该如何是好。原路折返自然不在白鸟的计划之内——戴着笑脸面具的人潮一步步逼近，铜管乐队走调的演奏让她不禁捂住了耳朵。渐渐地，半圆形波栅的长列开始拐弯，改变了角度，游行行列的队首也在千钧一发之际向着岔路口大幅转弯。如同推倒多米诺骨牌般，波栅的移动带动了游步道的移动，草坪也随之移动。载着业余摄影师的草坪滑向大池塘一侧。松树的剪影也开始向着两旁滑动，横向延伸的广袤茶田正逐渐弯曲成有趣的形状。草坪再无法承受此类运动，开始在各处裂开白色的缝隙。像是海峡中生出了无数的旋涡——其中的一个旋涡突然急速向白鸟迫近，但当它接触到连绵的波栅后，瞬间不安定地颤动了几下，终于停了下来。半圆形的竹棒则被连连弹飞。

熊熊燃烧的烛火呼啦呼啦地吐出煤灰，纵向缩小成令人不悦的迷你尺寸。

"沙坑到底在哪儿？"

因反作用力被推回原地的摄影师对女高中生表达了不满，但他似乎一直注视着远景取景窗，还未察觉到身旁的变化。一旦在沙坑中掉落了火种，就很难再回到原来的路线了。但她随即利用她在夜间的好眼力留意到，草坪如今也如同夜晚的海潮般涌动，如果能够善加利用，她就可以轻易地往返于姐姐所在的南部了。只是，这还需要她多加小心，避免踩到草坪。

这时，本应空无一人的拖拉机装货台上，红眼男子蓦地起身。这件事发生在灯火通明的南部草坪上。

池水中的倒影摇曳不定，中之岛灯火璀璨，耀眼得几乎可以微微照亮多惠的侧脸。环绕着假山、曲水和八桥的游步道上游人如织，但没有人特意将目光投向那辆不合时宜地移动着的施工车。正在驾驶的多惠也丝毫没有注意到背后的异样。男人将身上的大量草屑抖落在装货台上，站起身来，慢慢伸长手臂勒住多惠的脖颈，却被来自斜上方的猛烈攻击打倒，背部朝下跌落在蓝色的草地里。

每当她去吹那变暗淡的炭火，或是尖锐的口哨声响起时，就会有更多的东西被召集到多惠的头顶上方。视线尽头频频闪烁着细弱但明亮的电流，令人头痛不已。而在多惠的头顶上方，鲜活的雾霭如倒置的海面般涌动。她一边驾车，一边抬头望去，本应由月亮与赤星组成的夜空，如今充斥着狂乱的粒子，几近让人晕眩。夜空化作一片星云，色彩驳杂的旋涡徐徐运动。多惠勉强明白了，这不过是自己的错觉。被人追赶后踏进草地的她，现在不断地拍打着自己的身体，但青草的碎屑仍黏附在肌肤上，甚至还钻入了鼻腔和口中。眼睛也黏腻腻的，痒得几乎无法忍受。就像被一层薄膜包裹着，多惠脸颊滚烫，呼吸困难，与其说是因为吹了好几次炭火的缘故，不如说从一开始，多惠呼吸的就不是空气——她看向因频频颤动而握不住的方向盘，白色的手变得异常巨大，仿佛那已经不再是自己的手。

至于那个从装货台上跌落至草地里的红眼男子，在他落地的地方，刚好生成了一个疑似沙穴，将他吞没。当他最后伸出单臂徐徐下陷时，只留下了一句"我在下个地点等你"。然而这话音并没能抵达多惠的耳畔，也没有抵达任何人的耳畔。

没过多久，白鸟穿着球鞋，瞬息间掠过了蓝色草地，掠过了被弃置在那里的孤零零的拖拉机装货台。这一幕过于短暂，以至于没有人察觉到那是白鸟在南北两地之间穿梭的身影。她将沿着草纹流动的庭石等陈设当作立足点，灵活地移动着。但由于势头过猛，一个小小的物件从她的口袋里滑落，掉到装货台上。但这不过是一件不足挂齿的小事，她甚至已经忘了那小物件是她跑腿的酬劳。与此相比，为了让火种顺利通行，在各个茶舍所进行的必要寒暄，已令白鸟精疲力竭。——在曲水、苏铁田、梅林等地的茶会，她也顺其自然地落座，门牙渐渐被染成绿色，肚子里塞满了点心和茶水，再主客互换，亲自点薄茶，捻浓茶。她也听到了"啊，茶里结块了"，"唉唉，真可怜啊这孩子"等话语。在后来流言蜚语甚嚣尘上的某处，她没有抽到花月的纸牌，反而抽到了猪鹿蝶[①]。她甚至还在乐烧茶碗里放入骰子赌单双数，还与某位老会长一同表演了一曲二重唱。

天色已晚，游行队伍刚好走出了正门。扮装者们在那里四散离去，回到各自的现实生活，闭园时间也近在咫尺。莲池轩那边，跑腿的人迟迟未归，在此等待的人们三五成群地离去。为了运送新生儿，沃尔沃也开往了园外。漆黑的相关人员专用停车场中只剩下点心店的配送车。右肩偏高的茶庭灯笼一夜之间骤然变为左肩偏高一事，成为日后茶余饭后的谈资——人们形容这无法用常理来解释的事件实际上就是镜像，或是底片左右翻转了一样——这是因为塔（the tower）的卡牌在某个地方被翻转了，却尚无人察觉。实际上，由于一个鲁莽的人在各处横冲直撞，不止塔（the tower）的卡牌，还有一张卡牌也被翻转了。

[①]花牌的一种组合，由萩花与猪、红叶与鹿、牡丹与蝶三张纸牌组成。

红眼孔雀的羽毛纷纷掉落，落在人温室附近的草坪上，当它被人发现时已经是翌日清晨。它的喙部严重烧焦，就像衔过火种一般，发现它的工作人员默默想道。被插入拖拉机驾驶席的不明钥匙与钥匙孔合二为一，无法拔出。在电池电量耗尽以前，它都将在这种状态下被继续使用。

最后，当瓷器小火罐掉落在地面上摔得粉碎时，多惠本应该"就在那里结束"——这便是多惠这位小姑娘化身为草坪上的孔雀的故事。

某人阴差阳错地探访了河流下游附近的某间草庵，而此事后来成为令人毛骨悚然的、灾难性的故事在私底下悄悄流传。每走一步，榻榻米就会塌陷，鸭居随之摧朽。运送来的火种使得釜中的炭火恢复了生机。那人代替了逃走的茶会亭主，先是在使用长把杓子时，把细竹制成的杓柄折断了。接着，由于无法取下过于小巧的枣形茶叶罐盖，将罐中的茶叶撒了一地。离去之时又是将茶碗摔落，在碗壁上留下了裂缝。也有人秘密散播着流言，称从那人掉了扣别子的足袋上方，似乎露出了鸟爪。

从温热的炭灰中滚落到地面的手指炭，被那人徒手握住。小火罐掉落在地上，是因为她无论怎么努力也无法握紧它。不断变形的手触碰到微微泛红的炭，倏然又燃起了缥缈的火焰。

最终，在幽暗的大温室深处，悄悄出现了几个人影，亲切地迎接了最后时刻的多惠。没有人目击到那个场景，至于人影的真身，那是与此事毫无干系的事情了。那一夜，大温室里，如鸟、又如枯草般的女人们操纵了卡牌。倘若这背后有什么隐情，那想必是被拆毁前夕的大温室里，隐藏着某些不为人知的秘密。——草坪上的孔雀跨越了遥远的距离，最终抵达了这里，它举起仍在微弱燃烧的右手，头顶上的黑暗里，不时闪过些明亮的电流。大量青草的碎屑，扑簌扑簌地脱落，如同装饰性的裙摆。浮肿的眼睑被绿色的混沌淹没，胸廓变得粗糙且肥大，两肺充斥着风暴般的杂音。她大口呼吸着不是空气的气体，仿佛搅乱了夜晚的寒气，声音好似幽灵在哭泣。从左右围上前的女人们曳着长长的裙裾，细长的脖子支撑着正圆形的白色头部。那时，电流似的物体受制于头顶上的黑暗，无法进入温室的入口，只能在污浊的外壁玻璃上流淌，暂时静静地照亮了这个无人之地。

川中岛的 Q 庭园，在夜间挂满了灯饰，位于曲折蜿蜒的河流中间。目前还没有任何人注意到，蚁塚般的塔楼（tower）发着光，正与 Q 庭园相互呼应，在地平面附近缓慢移动。接着，一个鲁莽的人横冲直撞，破坏了平衡，最强的星星卡牌翻转过后，飞上天穹，翩然消失，不知所踪。

白鸟自言自语着。

"是不是许多事都做得太过火了？反作用好可怕，危险危险。只要走完这条路，今晚的差事就完成了。姐姐在做什么呢？她总有点靠不住，人又多愁善感，就连面对我时也会露出湿漉漉的眼睛，眼神里满含娇媚，真是让人头疼。话说回来，不知不觉间秋天要到了呢。虫儿齐声鸣叫，有萩，还有芒草，那可是秋季七草①呢，怎么样。美津已经回到家中，抱上她的猫了吗？这样就好。因为那可是重要的小美津呀。"

"啊，灯都熄灭了。啊！好黑。呜呜，真的全都熄灭了，好讨厌，是谁关了电源？已经没有了灯光照明，剩下的只有这一小截蜡烛的火光，什么也看不清了。我该怎么回家啊。啊，这路真是太难走了。哎呀，踩到草坪了。我该怎么办。这里居然没有波栅拦着。没有办法，只能继续在草坪上面走了。脚下的触感真是奇特。松松软软的，很舒服呢。应该说是奇怪的心境呢，还是奇怪的脚底触感

---

①萩花（胡枝子）、芒草、葛花、抚子花、女郎花、白头婆、桔梗。秋七草的出典为《万叶集》中歌人山上忆良的和歌。

呢。咦咦咦。哇。啊啊。"

"——难道是这样一回事？不，这叫我如何说出口。实在是非常难走，非常非常。制服有的地方紧绷绷的，有的地方空荡荡的，裙子也让我放心不下——不会吧不会吧，我从没想过自己会变成男人。来真的吗？我的自称也要变成'俺'了吗？怎么回事，这低沉的声音。啊，喉结。妈妈，你的白鸟已经回不去家了。我明天还能像往常一样上学吗，啊啊，究竟要怎么去学校。穿女装去可以吗？啊，不可以。不可以不可以绝对不可以。我需要认真考虑我今后的言行举止了。这种时候我可以依赖谁呢。我这样一路自言自语，都要走到陆亭舍了。里面有人吗？啊，太好了，还有人在。他被女人们抛下不管了吗？我这就去找在那里睡觉的老师商量一番。"

II 关于不燃性

过 渡

　　干燥的夏末弥漫着些初秋的气息。接下来的文字记录了年轻的 G 攀上锯齿山山顶的大致经过。乍一看，G 穿着一身外勤职员的寻常装束。短发，孑然一身。

　　他下车的地点在单线铁路的车站，那里是一个环形交叉路口，偏僻得没有一家商店。残暑的阳光一如既往地照射着无人的的士搭乘点，那里只有一台卖饮料的自动贩卖机。马路对面则是一片冷冰冰的民房高墙。走过街角，沿着道路前行，就能看到站前的商业街区——G 四处张望，只能看见一两家挂着暖帘的小店，夹竹桃开满了红花和白花，拖拉机正停在地方产业区的商家旁卸货。除此之外，就只剩下了木质结构的民房。他还发现一所面向儿童的私塾，而规模宏大的高级公寓却只有一栋。白天的站前大道一带几乎没有行人。

　　一家大众食堂恰好出现在 G 的面前，他便走了进去。有人向 G 搭话，那时店里的电视上正在播放当地 Q 庭园的大温室惨遭拆毁的画面。新闻报道中提到,那里很久之前便开始有老化的问题,夏天又发生了一场轻微的火灾。虽然旱情还在持续,但不知为何发生火灾的次数却寥寥可数。因此,节目中甚至插播了一小段关于这场火灾的现场调查影像。发生燃烧的是一个杂草丛生的小山丘,好像是有人特地搬去那里的。地方电视台的播报员对此进行了详细的解说。

"不管怎么说,那都是难熬的一天,难熬的一夜。在狭窄的结界里,所有事物都在同一时间汇聚,仿佛整座岛都在沸腾。"

搭话的男人这样说道,而在此时 G 正放下筷子,忙着翻找背包和口袋。对于他来说,现在完全不是谈天说地的时候。——"或者说,那里成为事件多发的地带。最后场内的卡牌被翻转了,这可不是什么寻常事。"

"请问,"G 询问店里的人,"路线巴士已经停运了吗?"

"早就不运行了。"店主不耐烦地答道,"但镇里还有免费的巡回巴士,不过也只在早晚运行。"

"如果想去山里的话,那就只能搭乘的士了吗?"

"嗯,只有这一个办法。"

G 怛然失色,胡乱地翻找着包底。"是找钱包吗?"邻桌的男人再次搭话。"明明在中央车站买票的时候还在的。""去山里有什么事要办吗?"——在断断续续的交谈中，G迅速地开始回忆那至关重要的钱包里装着的东西：可以充当身份证明和救命稻草的一切、万不可丢失的重要票据、匆忙记下的联络方式，以及他难得准备的大量现金。G遭受此番打击后变得心烦意乱，与此同时，纯粹的哀伤如泉涌般堵上心头，难以自制。

发觉店主走了过来，G不想被别人看到自己的这般脸色，不由得低下了头。G已经泫然欲泣。

"——在我还是个孩子的时候，那时的记忆里，我曾在山里看到过一些奇妙的事物。我时常回想起它，或者说，我分不清它和我在梦里见到的事物之间的区别。"

G一边绞尽脑汁思考，一边讲述着那些过往经历。随着种种事件的发生，现在的他已经坐在了行驶中的汽车的副驾驶上——这个他完全不想坐的地方。然而，即便仅仅是为了不让话题中断，为何偏偏在这种紧要关头选择讲述自己的奇异经历，他自己也不明白。

"半山腰的驿舍呢，月台非常狭长，陡峭的台阶分为乘车与下车两列，中间则是供载具出入的空地。您明白吗？我觉得那里曾有过铺设在地面上的轨道，也就是说，地面缆车一度在此运营。然而，如今在那里往复穿梭的，却只有摇晃在空中的小型缆车。是可供四个人乘坐的，圆滚滚的那种。这个驿舍一定曾有过地面轨道，但我的判断现在看来站不住脚。因为下垂的部位明显要比台阶的地势低，况且还有些摇摇欲坠，看上去相当危险。在这种地方铺设地面轨道显然不可行。那时有很多乘客擅自打开车门乘了上去，下车的乘客则看准了时机，飞身直接跃到台阶上。我有这样的记忆，可这究竟是什么呢。"

"不必为这种程度的小事大惊小怪。"面朝着前方驾驶的男人应声道，"——那我也告诉你一件事吧，山中的雷总是落在同一个洼地里。这现象的成因则错综复杂，主要是因为地中含有丹砂。倘若你观察过倒在那里的树木，就会发现它们只有内芯被烧成炭黑色，外皮则还是保留着树木原本的样子。当然，外皮也被劈开了很大的豁口。这样的树木倒伏在四处，我行走在山间时，经常可以看见它们。"

车轮和底盘都沾上了山间的泥土，这让男人的四驱车显得肮脏不堪。这里离枢纽站的距离出乎意料的近。一上高速公路，周围顷刻间变成了山中的景色。当时，大众食堂的店主主张扣下 G 的驾驶执照作为抵押，而邻桌的男人强行介入，将店主推到一边，随后又将其按倒在地。接着，他带着 G 移动到附近的停车场。这一系列的事态发展只能说是相当自然。

"我需要送些东西到山里的事务所。我还是第一次去那里。"

"这里看似靠海，实际上却离海相当遥远。大海和你接下来要去的地方，方向正好相反。"——驾驶席上的男人不知不觉间说了这样的话。G回想起在大众食堂里被男人干预之后，店主那消沉的神情。这时，车辆在交叉口急转弯，绿色的半山腰上出现了一片精致的住宅区，最前面的一排白色围墙给G留下了深刻的印象。

"沿海的岩石山一带，是滑翔机爱好者的绝佳据点。同时呢，那里还隐居了许多没有头发的圆脑袋女人。不过这些就是另外的故事了。你现在要去的地方与它方向完全相反。"

"但是我必须先去挂失，钱包里还有银行卡和保险证什么的。"

G心神不宁，双手在膝上摸索。他显得十分慌乱，忍不住就要在汽车行驶时打开车门。"包不见了。包，被我忘在停车场了。"

于是，G被男人殴打了。让他明白这一点的不是疼痛，而是胸前那迅速扩散的大片红色。在这以后G便蜷缩成一团，陷入了一种思考停滞的状态。

随后，一座锯齿山出现在了G的视线尽头，巨大的山体巍然屹立在烈日的炙烤下。纯白色的采石场矗立在山峰之上，山崖层层叠叠，呈现出阶梯状，在阳光下格外夺目。山上散布着各种重型机械，与之相比显得如同蚂蚁般渺小。山麓一带是朴素的公司楼房和冒着黑烟的工厂，它们形成了一个小型的聚落。山里的事务所就在这边，但男人却明确地指了指天空的方向，催促G下车。

此时的G满身尽是干涸的血迹。正值炎暑，他跟跟跄跄地攀登着斜坡，汗水如雨。"最重要的是，你需要徒步去往另一侧。所谓穿针引线，就是这样一回事。"——然而如今的他只能感觉到喉咙的干燥和攀登的艰辛。这片荒芜的土地上，除了G的脚步声之外，一片死寂，就连蝉鸣也不自然地消失了，仿佛进入了一个真空地带。从脸上有痣的男人那里听来的话，对他来说简直毫无意义。

"另一侧的情况与我们这边大相径庭，那边正值不燃之秋，不断有新的石头被生成。那一侧的人，眼间距会缩小，身体会发生变形，他们的外表和真身时而互换，因此会产生混淆。这和我们认知里的不同。山会发光吗？你即将看到的，是一个垃圾处理厂。"

最后，G站在山的高处俯瞰下方，男人站在纯白色的采石场入口附近，恭敬地目送着自己。后来G记起来，那个男人腿上扎着绑腿，装束颇为古怪，仔细端详，还能看到好像有一只黝黑的狗藏在四驱车的阴影里——然而由于距离过远，无法清晰地辨认。

G收回视线,继续艰难地沿着山脊线的凸起攀爬,最终,他痛快地探出头来。这便是G的退场,故事也到此结束。

睡 眠

——这是山脊另一侧的故事。在这不燃之秋,夏日的记忆已经远去,K在下班后顺路去了地下的公营浴场,在那里,他遇见了驾驶有轨电车的女司机。她拥有自己的专用车辆,因为她极力追求自己精神上的自由胜过任何其他事物。河畔的古老公会堂和公营浴场共用一个出入口,有轨电车车站和一排行道树都被黑夜所笼罩。玄关大堂那明亮的大门敞开着,秋夜的凉风就这样悄悄地淌了进来。

虽然K并不是每天都有光顾这里的余裕,但在断火以后,独居的日子渐趋乏味,令他很难回到自己的单人住宅。从灯光昏暗的大厅一侧沿着宽阔的石阶向下走,在每逢中央扶手的转弯处,都孤零零地摆放着一尊动物雕像。比如有着圆柱形牙齿的象雕像、眼神迷离的四方形的牛雕像。它们自顾自地朝向不同的方向,悠然地浸没在黑暗中,让K不由自主地想要伸出手去触摸。顺着楼梯,他来到了地下三层,在接待处领了浴场储物柜的钥匙。光顾这里的客人不多，接待处员工的工作显得颇为清闲。到那时为止，他还没有碰上任何人。

不知从哪里飘来了喋喋不休的说话声，清晰得惊人——K意识到声音的存在，是在缓缓浸入水中之后。"我们楼下的小卖部见。"那声音清楚地说道。"鸡蛋，在卖煮鸡蛋唷。就在楼下。"——对此做出回应的似乎是位上了年纪的老人。夜色已深，前来游泳的客人寥寥无几，K对这段对话的内容毫无头绪。

"——欸，楼下。楼下是指？"

"就是地下四层。"那声音干脆利落地答道。

"地下四层。那么，有地下五层吗？"

"没有，不过鸡蛋是在地下四层烹煮的，因为那里有专门的员工。"

"哦，专门的。"

"在小卖部集中订货。"

说话声伴着回音。泳池的水温设定得实在不妥，即使K在不停地游泳，也时不时感到寒意渗入肌肤。那个不停地回答问题的人在设有分道线的区域里，她戴着醒目的白色泳帽，额头上挂着泳镜，肩膀魁梧。光凭声音和外表，无法立刻判断出她的性别。那时，她的手臂搭在水面的浮标上，健壮而富有光泽的手臂给人留下深刻的印象。

"订单那部分会放进金丝网里。"

"金丝网。"

"麻烦的是距离太远。"

说话声渐渐被水声淹没。地下公浴场 A 区的温水泳池区所采用的建筑材质,并非地下室一般选用的那种。泳池的三面都立着奢华的柱子,它们由带有纹路的滑石砌成,支撑着上方阶梯式看台的重量——无论从水面上的哪个角度来看——构造都清晰分明。游泳时,视野里净是柱子。也不只是柱子,还有柱子的倒影。幽暗的水面上泛着明亮的波纹,可以真切地感觉到从水底间歇性涌上来的暖流。池底中央的黑色孔洞不断地向池中补充大量热水,这种沁人骨髓的温暖和舒适,在这众说纷纭的不燃之秋里显得尤为珍贵。或许地下室的最深处可以逃过这一劫,但对于此事,K 并没有耳闻。

K 往复游了两回。这时,意外地有人向他搭话。

"我的电车就停在外面,你回去的时候可以搭乘。"

K 吓了一跳,对方气息急促,滴水的脸庞透出生机勃勃的血色。K 这时才突然回过神来——不久之前,对方以惊人的气势径直向他游来,为了让出泳道,K 在浮标处下潜,不料她也同时下潜,于是泳池的水被翻腾搅乱,她胸前深深的沟壑也不安定地时隐时现。他突然意识到对方是他平日在通勤电车上看到的女列车员。

她的言辞透露出一种交涉的意味,K 有些困惑,随口答道:"你是指四系统外环线?"

"对,外环线可以直接通往老城区。"

女列车员擦拭着脸上的水珠,忙不迭地问道:"你有空吗?"

"你对我的情况应该也有所了解。"

"在水变冷以前回去会比较好吧。"

"是吗?"K突然警觉,"等等,你是说列车已经停在外面的车站了?"

"所以我才邀请你啊。"

"是不是快到回编组场的时间了?"

"还有得是时间。"

"这简直就是胡闹。"

"这个人啊,"身旁突然有人靠了过来,"在找同行的人。她要去取订购的商品。"

对于这位突然出现,并悠闲地从他们身旁游过的年迈男客,女列车员并没有理会,她继续说道。

"——我也可以告诉你事情的原委。我的工作是按规定的次数在城市的外环线上行驶。当然,到了周末和节假日,行驶次数会增多。但因为这是一个单一方向的循环路线,所以也就不存在时刻表会冲突的忧虑,具体的运行方式也相对自由,归我调整。特别是现在这样的深夜。虽然,或多或少需要考虑一些外界的因素。"

"我总觉得被敷衍了。"K困惑不已,"不是应该按照时刻表来运行吗?"

"无论做什么事,都逃不过在既定的轨道上运行的命运罢了。"

"听起来似乎意味深长。"

"在一定限度内,我认为我是自由的,但可以做的事其实还有很多。"——甚至还添上了肢体动作,女列车员如此断言。

深不可测的温水依旧泛着令人目眩的波纹。面前的这个女人嗓音低沉,K仍然不能判断出她究竟比自己年长还是年轻。他忽然记起自己似乎曾亲眼见到在夜幕下,电车熄着灯,里面空无一人地停在街边,静静地滞留在无垠的漆黑中,而那正好是在公会堂正前方的有轨电车车站。"——我受到了当局的关注,这可不是空口无凭。你难道什么也没有听说吗?别看我这个样子,其实还有其他地方邀请过我呢,但我也不是毫无缘由就来到这里。只因为我是女人就遭到轻视,真是让人无奈。"

随后,她的语调带着一种因渴望赞同而展示出的难掩的急切。"毕竟你让我等了那么久。快过来,帮我拉开盖板。"她指了指方向,催促着K。

后来的一切事态进展都惊人地顺利。身着制服的工作人员手持扫除用的网,在石柱通道周围巡逻。K跟随着女列车员，围着石柱通道绕了一个大圈，来到了泳池一侧的一个类似于平台的地方，平台背后的地面上就放着方才她提及的那个盖板。无论怎么看，那都像是个排水口的盖子——身着厚长袍的女列车员由于肩部和胸部的宽大，身形臃肿得有些许微妙。她那土里土气的模样倒也不坏，K暗想。接着，她不知从哪里找来了一个带有钝重抓钩的铁棒，当他接过这个工具时，不免心生怯意。

经过那一晚的细心观察，他发现了一个奇特的现象，似乎在场的一切事物的运动，都集中在这位女列车员身边。这种倾向不论怎么看都是极为明显的。而且，在她牵引着一切事物的运动离开某个区域时，反作用力使得该区域里的所有事物都陷入了停滞。一个细小的证据就是，那位从他们身旁游过的年迈男客，在他离开女列车员，混入灰色的背景和零零落落的泳客中之后，他那几分古怪的个性和身上的色彩，都变得难以辨识。

K用钩子牢牢挂住盖板上的把手，将沉重的盖子抬起来，露出了通往下方的铁梯子。女列车员动作娴熟地不断下潜。与凉意袭人的一楼不同，下方似乎更加温暖。将碍事的盖子用铁棒固定住，K也跟着走了下去——他穿着濡湿的橡胶靴，裹着大浴巾，行动相当不便——正如他心里预想的那样，他们进入了一个封闭的空间，裸露的通风管道环绕在岩石棚顶。才走了没多久，零星垂下的几只耀眼的灯泡几乎要与他们迎面相撞，各个要塞位置都放置了储罐。地下世界里的通风管道群分布得如此庞大，出乎K的预料。他只是粗略地顺着管道延伸的方向望了一眼，视线就轻易地越过了浴场所在的B区，看到了远处四通八达的管道线路。虽然它们外表看起来像是空调的通风管，但实际上并非如此，而是用来供给大量热水的设备。每条管道都在剧烈震动，并将湿淋淋的热气排放到周围的黑暗里。这里没有类似于锅炉的供热装置。虽然地表已是不燃之秋，但不可思议的是地下深处仍然有地热与热水。铁板的焊缝处喷涌出的水雾弥漫着硫黄的气息。难道在这一层真的会有小卖部吗？在K沉思时，眼前赫然而出的正是一间商店。

"啊啊。竟然真的有。"——K不禁发出感叹。他发现他的钱包忘在了储物柜里，但那并不重要。

K至今仍能记得，那间璀璨、明亮且布局巧妙的小卖部向着四周洒落耀眼的光芒，仿佛亘古至今仍在悠然地打转，随时准备离地飞翔。即便从远处看去，它依旧异常引人注目。挤满了大量灯泡和电线的下方，是一排光影缭乱的陈列橱，此外还有一些手推车和货架。琳琅满目的商品有的被捆成一束悬在半空，有的则被铺陈在地板上，摆得满满当当。若是不考虑它如今位于地下深处，那便完全是一种露天市场的景象。

"因为裁员，这里迟迟没有人来换班，真可怜。"

女列车员头顶依然戴着泳镜，正如她所说，一个面无表情的中年女职员独自坐在那里看店。K最先注意到的是她膝头上的藤编篮子，她正珍重地把什么东西装进其中。商品种类丰富程度像是为了小卖部的规模量身定制，除了生鲜食品，零食、日常用品，甚至简单的实用衣物等商品都一应俱全。他无意识地四下打量，这里让他很快联想到医院里的商店。在食品区，包装风格古朴的点心和下酒的零食随意混放在一起，不知为何，还有廉价的皮革制品和工作靴堆成的库存小山。K对陈列橱里大概是滞销货的胸针产生了一些兴趣。他们要找的煮鸡蛋似乎经过了特殊处理，的确正在售卖。网状的吊篮里一个个物品堆积起来，形成一座小山，篮子底部还有水汽残留。同行的女列车员好像事先预约过货品，她取走了几个篮子，从长袍的口袋里掏出钱来付款。

"今天已经是我连续上班的第三天了。"

商店的女职员噼里啪啦地操作着收款机，脸上稍微恢复了一丝血色。她一边活动筋骨，一边控诉："如您所见，因为要一直营业，我就不能离开这里。"

"看样子，这里是职工专用的商店，对吗？"慎重起见，K询问道。

"嗯。是的。通风管道的检查员们也经常来。"

"对对。"女列车员也表示赞同，"他们从很远很远的地方赶过来。"

"是呢,特地跑那么远过来。"

两个女人异口同声地说道。叽叽喳喳的讨论声连绵不绝。

鸡蛋在哪里烹煮,又如何烹煮,K通过二人的对话已经可以想象出大概。女列车员递过去一个像药品袋似的东西,商店女职员接过之后,脸上立刻露出了愉悦之色,匆匆从中取出一管软膏。藤编篮子里是一只脏兮兮的小型犬,看起来像是患有疥癣,皮肤斑斑驳驳,掉了些毛。可能是不喜欢被触碰,呜呜地在一旁兀自号叫。——在按照规定的路线行驶的同时,顺路接任务然后配送,似乎已经成了女列车员的日常业务。那个晚上,邀请K同乘的归途中,她几次突然停下车辆,飞奔去路旁的人家递送货物。通常是幽暗而简陋的民居,或是窗户高悬、只亮着一盏灯的房子。让电阻器切换后进入加速状态的电气轨道的电车能平稳地减速,似乎需要相当娴熟的技巧,她灵活地操纵控制杆,让空气一点点充满闸缸,徐徐提高压力,然后在需要停车的地方精准无误地停下来。她一路上重复了几次这样的操作。完成配送鸡蛋的任务后,还剩余了一些鸡蛋,她簌簌地剥开壳,一手开车,一手往嘴里塞着。

穿过幽暗的大道,驶入装饰着红叶假花的旧商店街后,路边的广告招牌和街灯的铁柱簇拥在车辆的左右。商铺早已打烊，所有的橱窗和玻璃窗都还点着蓝色的灯光，到处灯火通明。任由态度亲昵的女列车员驾驶列车，秋日的夜晚，在非运行时段乘上这列飞驰的有轨电车，他感觉一切都很新奇。或许是因为先前浴池的水温偏冷，他感到一阵微凉，强烈的睡意向他涌来，不知不觉就已昏昏欲睡。他透过眼皮的缝隙看见了饭馆里倒置的椅子以及地板，理发店的镜子里倒映出白大褂店主的背影和后脑勺。接着，店铺里那些被蓝色灯光映照着的女装、医疗用品和缝纫机，象棋会所的对弈座位以及古书店的账房如同梦境般——浮现，记忆逐渐在视线底部凝结。也许只是错觉，他觉得列车昏暗的后排里还有其他乘客正在熟睡，但那只是车厢内萦绕的一种潜在氛围，他似乎能感觉到，继续这样驶向编组场，列车便会无声无息地消失。

K住在一个古旧大楼的最高层，大楼面对着列车线路的拐弯处。对方知道他的住处，令他感到意外，

"因为我弟弟就住在那栋楼的二楼。"

"那么，他是剧团的成员？"

那一夜，他们一直用着恭敬的语气交谈。他没有料想到会和这位持有乙种电车驾驶证的女列车员交往。她取下泳镜和橡胶游泳帽，编成粗麻花辫的浓密秀发垂至腰间。她将头发挽起后，塞入制服帽里，告诉他她叫美津。

受 难

年纪尚小的 Q 已有婚约。他所属的业余剧团名字颇具神秘色彩,叫作幻魔团。团内的练习室兼事务所位于一幢古旧大楼的二层。这座大楼由砂岩墙体和大量玻璃窗构成,玻璃窗上映照出层叠的光影。大楼名为三角大楼,这是因为它面对电车轨道转弯处一侧,用地基本都为三角形,而大楼的高层则是研究生的住处和普通公寓。——有个居住在这里的男子,他习惯在走廊的公共厨房里,每天焙些鱼干吃,但这些鱼干总能散发出熏天的恶臭。尽管受到来自各方的抱怨,他仍不以为意。然而自从进入不燃之秋之后,他的精神状态急剧恶化,没人愿意接近他。电力从远方沿海的发电站输送过来,因此现在电力储备仍然充足。但即便他把干货直接晾在肮脏的电热器上,干燥的鱼肉也只会稍稍散发出些许的恶臭,无论等上多久都依然坚硬且干瘪。本应烧成赤色的电热线圈呈现出让人不悦的白色,即便男子再耐心等待,也难以洗刷其故障残次品的污名。

"Q哟，我要去头骨实验室了。"

某一天，他如旋风般疾驰而来，留下这样一番宣言。正坐在自己的房间里给未婚妻写信的Q被吓了一跳，手下意识地将纸张揉成一团，抬头望向那个因激动而铆足力气，使得两侧的鼻翼都呈现异常鼓起的人。在几乎被床、椅子和小书架占满的狭小房间里，Q蜷缩在被窝中，用几摞书做支架支撑着，以一种奇特的姿势写着信。

"头骨实验室？你又开始说这个。"

"那边的工作是把煮剩下的肉剔下来。实验室在山上，有几位女事务员和研究员，提供住宿和伙食。"

名叫十和田的男人说着说着，便开玩笑似的施展格斗技的招式来试图抢夺Q手中的信，Q通过肢体语言展现了他的抗拒。他早就听闻剧团的赞助人是一位头骨收集家，但剧团因资金紧张导致活动近乎停滞，这使得十和田选择去实验室的理由令他感到不解。

"你知道吗，山顶并不是不燃之地。"

"请把我的信还给我。"

Q说道。对方拼命把皱巴巴的纸张举到Q伸手也触碰不到的高处，结果一不小心在中途那轻薄的纸便成了两半。

"噢噢，让我瞧瞧。先前的约定难以履行，请理解我请求延期的苦衷——"

"她是个通情达理的人，没事的。"Q愤然夺回书信，说道，"话说，你真的要离开这里的话，至少应该把那个房间整理一下吧，里面都生出蘑菇了。"

在打闹的过程中，二人的耳畔突然响起呻吟似的尖锐叫声。他们拉开窗帘，看到对面的栅栏旁聚集了一群女孩子——附近的建筑并不高，所以他们的视线刚好能清晰地看到对面大楼的屋顶。

"实验室的日薪很高。你若是也想赚些钱，我可以帮你问问。"徒有健硕体格的十和田装作什么也没有听见，什么也没有看到，"就算留在这里，我也没有什么指望。况且，据说那个没有给我什么好角色的座长似乎遭到了报应，连夜逃走了。行李我不带走了，就原封不动放在那里，那是我的房间。"

"我的书、时钟、锅，还有——"

"若是有人问起我的去向，你就随便敷衍过去。借款我已经还清了。"他这么说着，正要转身离开，"哎呀，这边的信件又是怎么一回事？是寄给别的女人的吗？"

出门时也不忘添上这么一句。

十和田如狂风过境般离开后，Q觉得楼外观众席上的围观者们也大概都已心满意足，于是拉上窗帘——外面传来失望的叹气声，夹杂着些不明所以的叫喊声，这与人们蜂拥而至时给Q带来的烦闷是对等的——随后他又花了些时间，用笨拙的手笔重写了信，稍作思考后，他将两封叠在一起，放进内侧口袋，然后便离开了房间。三角大楼里的北侧尖角处是用水的地方，当他经过公共厨房的水槽时，视线不由自主地投向那里，那里有长长的一列自来水水龙头，其排布杂乱无章，叫人难以忽视。此时正值不燃之秋，朝北的窗外，繁茂的悬铃木叶子已经泛黄，格外醒目。在背阴处的洗手台，水龙头拖着影子，就像一排不整齐的牙齿，歪歪扭扭地从墙上突出来，有的极力地放肆扩张着，有些则相反，像鸵鸟般深深地藏在缝隙里——Q想起前辈十和田曾说，近来墙上的石头似乎在移动。拧开水龙头，背阴处的水还是以微弱的势头涌了出来。

希望生活能够像现在这样一成不变地继续下去——他默然祈祷，关掉歪歪扭扭的水流，穿过阶梯大厅。从楼下的练习室里传来人声，像是在找Q。又是不请自来的吗？他条件反射性般地想道，蹑手蹑脚地走下楼，幸运的是他似乎避开了最严峻的情况。

"——喂喂，请听听我的预言。"

瞧见Q从身旁经过，一个名叫H的女剧团成员叫住了他。她头发一直乱蓬蓬的，喜欢叠穿大量衣物，这种不整洁的装束使得没有人愿意搭理她，她把道出被人忽视的预言看作自己生存的意义，在练习室里落脚。

"请听关于明天和未来的预言。运气不佳的 Q 会两度受伤,追逐着蛇的尾巴——"

"你呀,从明天开始,要请你去实验室了。"

直言不讳的座长妻子推开 H,她从方才起就在找 Q,似乎正是为了这件事。座长妻子前额的头发厚厚地垂下,脸呈倒三角状,脸颊歪斜、面容凶狠。

"虽然只是作为一名临时工干杂活,但你要去的可是那家有名的研究所呢。"对方透出一股微妙的急切神色,极力挤出皱纹明显的笑脸,"你的日薪会被用作剧团的运营费,但这样做也是为了你好。将它视为一种修行,为了完成脏活累活,我们不惜粉身碎骨;为了取悦老板,我们不惜参与人体实验,甚至彻夜陪伴她。我们需要的就是这种决心。不如就不要等到明天,就从今天开始——"

"那里的老板是女士吗?"

"不要害怕。这是一点犒劳,就当零用钱吧。"

一份薄薄的信封被递给了 Q,他瞬间感到了强烈的安心感。虽然他的打工生活充满了由于缺钱带来的痛苦,但他至少需要汇些钱过去,或许是因为这两件事情同时涌上心头,他不得不再次将装有钱的信封推了回去说:"我不能接受这个。"

"——你真是个不懂事的孩子。"

座长的妻子似乎还有更多的话想说,但又改变了主意。她叹了口气，重新开口说道："有没有自信并不重要。女孩子们闹着要你出演，座长才顺水推舟地给了你角色，结果却是这样——坦白说，如果你还有其他工作机会的话，就请你过去吧，这也是为了你好。我们这边也有很多事情需要处理，我相信你能理解的。"

"可是座长他现在在哪里？"

"——待在家里一步也不出，就在上面的房间。"耳边传来 H 的低语，"夫人她在搪塞你。"

从方才起，H 就贴得很近，Q 可以感觉到她的体温从背后传来。若问她在做什么，她正玩笑似的爱抚 Q，但显然她的目的是要偷走悬在半空中的那封信封里的钱。"你在做什么？赶快停下来。"Q 压低声音说道，同时甩开了她。H 那偷盗与预言的癖好广为人知，她巧妙地挥舞着双臂，Q 显然不是她的对手。

"那人已经很多天都不出房间了。而且房间里什么声音也没有。""——你呀，就是在交涉的时候被卖掉了。"

H 继续在他耳边低语。座长妻子似乎产生了误解，刘海旁粗大的青筋暴起。Q 急忙挣脱出来，H 肮脏不堪的衣服上散发出的恶臭突然扑鼻而来，让他感到窒息。

"快清理好，什么也不要留下。"

剩余的剧团成员遵照指示开始收拾，就连 Q 储物柜里那稀少的个人物品也都被麻利地塞进箱子里。"下一场公演，我打算给你一个好角色。""你就当成是天下父母心，放心吧。"座长妻子不时补充几句，然而她的手指却在不停颤抖，神色也显得游移不定，焦虑和不安几乎爬满了她整张脸。不知道她到底是对什么事感到不安，这也激起了Q的不安情绪。

"我的团籍会被保留吗，剧团的？"

"当然，当然会的。没什么好担心的。我那么煞费苦心地经营，我的丈夫却至今一点也没有——啊啊，在这种时候竟不能吸烟。"

"可是，那边究竟是什么人，是来干什么的？"Q指着不知为何变得格外嘈杂的走廊问道。

"明天才会有人来实验室接你。不，应该不会有什么人来接你。"座长夫人明显将视线撇到一边，"上面的房间也会让人顺便清理一下，你已经可以离开了。只要在明天中午之前到达就可以。到山麓站为止都有电车可以搭乘。"

"可是我不想去。"

"我变卦了。去那里对你来说已经很好了——啊啊，好想吸烟，哪怕只有一根也好。"

"可可可是，"Q结结巴巴地说，"真的不是实验室派人来接我吗？"

"究竟是不是呢？"

Q的双臂同时被左右两侧紧紧挟持，仰面朝天，双脚被抬高，一口气被拖向后方——虽说这是可以预见的事情，但婚约方来的人太多，几乎把周围填得水泄不通，以至于无法明确分辨来者的身份。在混乱中，Q被打了两三拳，这是唯一可以确定的事情。被尽情愚弄过后，倒在地上的Q用余光看到H正蹲在地板上，蜷缩成一团。但那只不过是一瞬间，他发现她正贪婪地阅读着用巧妙手段偷来的两封信。而放有金钱的那一封被Q在无意识中死守下来，如今还攥在他的手里。

"哦哦，请听关于现在和将来的预言。"

H一边说一边唱，但在这种情境下，当然没有人会认真倾听。"Q的受难将从今天开始，今夜他将荣幸地端坐于宴席上。而怀里揣的炸弹何时爆炸，只是时间问题——"

"可是，这完全不是预言呢。"

不久后，只有H一个人被孤零零地留在空荡荡的练习室里，一如往常地自言自语。以怒涛之势挟走Q的座长夫人一行人，如今也不见了踪影，那些先前被踢散的旧公演宣传单也停止了飞舞，上面的诱人插图已经破碎，如今安静地化身为残骸，散落在各处。"——可是大家，发生的净是写在信里的事。就算预言之流不能当真，但如此轻易便能言中的预言也不多呢。问题是没有听众，这就是我的宿命，无从抵抗的命运。"

从白天开始，一只即将熄灭的荧光灯就不断地闪烁，一如往常穿着厚重衣服站在那里的H的确是H本人，然而仔细观察就会发现，遮盖在她肩部、背部和半边脸颊的蓬乱头发其实并不是真的头发，而是表演时使用的假发。——这座三角大楼里的练习室有一个显著特征，那就是面向主干道的一长列巨大窗户，然而这些窗户被剧团的手绘广告板从内部完全遮挡，从外面只能透过狭窄的缝隙看到里面的情况。因此，即使是白天，这里也需要点灯。此外，在建筑设计方面存在很大的失误，这一侧的窗框与石壁之间也开始出现缝隙和倾斜。——这里是二楼，透过广告板之间的缝隙可以看到悬铃木泛黄的树叶，还有蜿蜒在空中的漆黑电线。如果想要穿过黄叶和电线，看向更远处，也可以看见被秋日夕阳染红的有轨电车大道和冷清的商店街。这一季节的这一时刻所特有的缥缈、寂寥与哀愁的情绪，也在这里弥漫。

"哎呀哎呀，今天真是有点累了。"——H终于开口，但她的嗓音却变得甜美，还夹杂了些鼻音。

"我也厌烦了，就在这里换下衣服，更换角色吧。作为不被信赖的女预言者，今天的工作就到此结束了。既然已经决定，那就赶快动手，先脱下这件衣服，再脱下另一件，换衣服可是我的拿手好戏，这里衣服应有尽有。稍作打扮就光鲜亮丽，穿在身上就芬芳馥郁哟。我要去的电车站是山麓站，从那里开始，今后的路途就变得陡峭了。趁着天色还没有完全暗下来，我这就出发吧。"

不知何处传来玻璃杯清冷的音色，

"听说新郎明天就要去赴任了。"

"哦哦。"

"听说他是个年少有为的研究者。"

"他赴任时，新娘也会一同前往吗？"

"应该是独自去吧。毕竟新娘还有九个月的身孕。"

"这可真是。"

在修长的玻璃杯里，细碎的气泡不断上涌。银盆里萦绕着白霜，满载着大量生牡蛎和碎冰，冰冷得叫人无法想象。这种布置让人不禁回想起之前的庆祝宴席，当时准备的净是些豪华菜肴的蜡质模型。

"只有有头有尾的刺身是真的。"

"最近哪里都是这副样子。我已经厌倦了温泉蛋。"

"哦，似乎要开始什么余兴节目了。"

二人同时动了起来，

"要去看看吗？"

环绕着鲤鱼池的深红色围栏上嵌着假宝石装饰，松树粗壮的枝干在大堂的落地窗前投下深深的阴影，大堂面对的是夜里的庭园草坪，可以透过敞开的拉门望见对面大客房里热闹的情景。新娘新郎都已离席，前往婚床，在这个不知是私人住宅还是旅馆酒店的地方，新郎 Q 迷失了自己的方向。

少女般的新娘从喉咙里发出嬉笑声，她在华丽的婚床上舒展衣袖。她的名字究竟是佳惠、多惠还是奈惠？即使二人方才还在大客房里举办了婚礼，但 Q 却无论如何也无法回想起来。书信的收件人姓名也实在古怪，从他登台以来，经历的事情都荒诞离奇，一切自始至终都像一出乱七八糟的戏。婚礼上，那些名字相似、面容相仿的妹妹们如同一个模子里刻出来的套娃，大大小小聚集起来，而现在也依然如此，她们鱼贯而入，涌进奢华的婚房，交替拿着酒杯来找 Q。Q 维持正坐的姿势，身体各处被牢牢固定住，他只能用嘴接住液体，而他的膀胱也几近达到极限。

"这就是你置我于不顾，放任事态发展到这等地步的惩罚。哼哼，眼睛下面的这块淤青，真衬你这张美丽的脸庞。"

"你那个隆起的肚子，怎么看都像是用东西垫起来的。我亲眼看到了，你补妆的时候在里面塞布料。"

在烂醉和应酬下意识朦胧的 Q 正欲辩解，

"总有一天，我会带着孩子和妹妹们追到你工作的地方。听说实验室所在的山上有瞭望台和高速公路，那里还是个欣赏红叶和游山玩水的好去处。"

"西比来山的瞭望台是欣赏落雷的著名景点,姐姐。"

"我喜欢雷。"

这样持续下去无疑会失禁,他这样想着,逐渐失去了意识。这便是那一夜 Q 最后的记忆,他记得装饰在高脚杯里的一封装了钱的信一直在自己的身旁,也正是它后来引起了争议。

吸烟者们

因血液循环不畅,重度烟瘾患者们眼睑下方和嘴唇周围的细胞都几近坏死,他们如白昼里的吸血鬼般不起眼,不幸地徘徊在不燃之秋的街头巷尾。他们的鼻梁尖得令人不寒而栗,泛黄的双眼之间的距离也变得越来越窄,骨髓也被烟瘾染成了一种油腻的颜色。他们早已不再蒙受上天的庇护,为了寻找火源而颠沛流离,却无法再度抵达那个他们曾经的乐土。

——抚摸着自己那盛夏的晒痕还未褪去的小臂,小B沉浸在各种思绪里,中断了很久的固定生活费;石头显著成长、影子变多的批发街和它的屋顶世界;偶遇漂泊的吸烟少女……她如今正在思考不如意的人生种种。只是记忆的肌理并不平滑,似乎遭到了毁灭性的破坏——在批发街的这一小片区域里,她完全没有察觉到自己与外部的世界已经完全脱轨。

"刚入秋的时候,街道的各处还残留着些可以点火的空气团。"

对面的烟草店主人用充满怀旧之情的口吻说道，B每天都会在送货的时候拜访这家店，这里就是她活动范围的边缘。"——直到现在我都觉得不可思议，我的店铺过去刚好是可以点着火的地方之一，这究竟是怎样的天意。那时候从早到晚，客人络绎不绝，甚是热闹。狭小的屋子里挤满了客人，烟雾缭绕，所以店里的遮帘被拉得很长，还摆放了很多张椅子。你看，大概是由于这里的路面比主干道低很多，就像沟壑。上一代店主选定这个店铺地址，不正是为了这个时候吗？一时间我几乎都是这样认为的。"

小B现在也在注视的这个地方，的确如烟草店主人所言，从地势较高的主干道，顺着石阶和生锈的铁梯子下行，就成了这片大半坐落在阴影里的宽阔巷子。只是在高处的护栏上，难以窥见这里的景象，像是被当作视觉上的噪声而被特意处理。细细打量，在花盆俯拾皆是、未经铺装的地面上，隐约可以看到跳房子的图案，褪色的粗条纹遮帘也在屋檐下歪歪扭扭地挂着。位于背阴处的这个地方，曾经是人们畅快吸烟的空间，这在B的记忆里还是最近的事。畏惧初秋泛白的阳光，苦闷地栖身在这里的吸烟者们的身影，如今也能轻易浮现在B的脑海里。只是如果非要对那些面孔的具体印象做出种种形容，那么又几乎成了一片空白，或许是因为强烈的日照、影子的痕迹和旋涡状的白烟的干扰。然而在这些人中,有一个与周围人身高差很显著的身影格外惹人注目。在被烟雾笼罩的男人们的胸膛附近,有一张瘦小的面孔——她显然与周围的氛围不同——头发剪得参差不齐,显得十分难看,阴郁的表情。不合时节的破旧长袖衬衫,透过刘海的阴影锐利地瞠目怒视,那是眼白极多的视线。

B和鼠两个少女的关系很特别,她们就像这样已经遇见过几次。

旁人走五步的距离,小B需要慌慌张张地走上七步。她生活忙碌,季节临近深秋,烟草铺已经关店,不需要她再配送批发来的成条烟草。只是头发黑中掺白的店主去温泉疗养时会留下狗,那时负责照料的人便只有B,邋遢的狗被拴得紧紧地,用愤世嫉俗的眼神抬头望着她。

"还真是来了个吃白饭的。"

每天去烟草店的通勤不便让B难以忍受,她便将狗领回了家。年轻的继母却说了些尖酸刻薄的话,指挥着说至少让它成为仓库的看门犬,用来驱赶老鼠。"母亲,这里没有老鼠吧。至少我从来没有见过。""有那种黑脑袋的老鼠,笨蛋。"

批发街最高层的居住区只用帆布窗帘随意隔开,空间虽然宽敞,但实际上积满了灰尘。斜射进来的阳光照亮了这里的一角,赤脚的工人们成群结队地通过,B的目光追随着他们，心里想着，今天的伙食也是生洋葱和罐头汤，奶粉的库存是不是也临近过期了什么的。B片刻也未能放松，又开始思考接下来的安排。由于在公会工作，B的父亲很少在家里露面，他的存在感稀薄。所有建筑物的仓库都位于天窗所在的最上层区域，如今都是空空如也的状态，人们经常需要和邻居或是和对街的人家共享资源。这里是住房密集地带，有升降机的建筑物相对少见。或许这是因为升降机本身大多都有些年代，没有达到与共同使用费相匹配的运行能力。

"我又被偷窥了，这群讨厌的工人们。"袒露出丰腴胸部的继母回过头去，骂骂咧咧道，"那伙人今天在隔壁的隔壁那边做维修工作，过一段时间，我还得拜托他们来这里工作。"

B一边拉上窗帘一边劝解继母。那些工人将灰泥袋和工具一类的东西堆在手推车上，然后在四周徘徊，跟跟跄跄地装出一副迷路的样子，发出奇怪的声音。从窗帘的缝隙中可以看到他们晒黑的脸和手推车上的工具。狗胆怯的样子有些可怜，摇篮里的婴儿像上了发条的人偶般发出机械般的啼哭声。在事态好转之前，B需要花费相当多的心思。那封关于婴儿去留的皱巴巴的信是后来才寄到B手上的，但无论怎么看，吸烟重度成瘾的患者们在石头生长迅猛的批发街里找寻火种的行动，才是应该首要解决的事情。

"可是那群人最近常常聚集在地下四层,实在是碍事。"

通风管工世津系紧腰间的施工安全带,麻利地取出一只扳手,说道:"这一层楼里,的确在某些地点存在一些可以被打火机点着的空气团,这就是所谓的可燃域吗?"

接着她随意地敲了敲一两张镀锌的钢板,耳朵去倾听声音传来的方向——这样真的可以得到有用的讯息吗?那时在黑暗中旁观的K在心里暗忖。

"小卖部的阿姨经常忘记合上盖板。我正在确认此事。"

"对不起,我会提醒她的。"

"无妨,因为我也会在她那边买温泉蛋。"世津把扳手别在腰间,"说起来,姐姐是不是也递交了乘务申请?"

"你说这个吗?"坐在原地的美津面色微变,"可那又不是我的路线。"

"只不过是一个晚上的庆典,没什么关系吧?"

"说是要几台车连在一起运行,但我果然还是想用我的一五〇型。其他人的车辆,压力设置不尽相同,各有各自的讲究。"

"压力设置的讲究,的确呢。"

"对我们通风管道工来说,也是不容轻视的问题呢,压力。"

几个人聚在一起,亲昵地聊个不停。本以为又回到最初的话题,却又屡屡再次跑题——对于昏昏欲睡的 K 来说,这种感觉让站在这里的他既困倦却又舒适无比。

这段时间里,平和的幸福感持续在 K 的心中滋生,那是一种 K 迄今为止尚未习惯的,存在于胸腔深处的小小的心跳。沿着台阶高度参差不齐的楼梯跑出三角大楼,眼前的街道像是被悬铃木染成偏橘的明黄色,深秋的景致分外鲜明——K 望见有轨电车在波浪般的落叶中前进,他感到再没有什么事情值得深思。美津一再强调在她的日常工作时间绝对不要向她搭话,二人幽会的地点向来是深夜的公共浴场以及其地下,她似乎连休息日也没有。在三角大楼所在的拐角处,她让 K 下车,随后就不知去向。究竟现今的状况算不算得上是交往,也令 K 感到不安。"所以我才约你出来。"——低沉的音色不像出自女人之口,随后她用力将他按入需要长时间屏住呼吸的温水中。用光洁的上臂环住他的头部的女人,大概不会比自己年少,如果说成是比自己年长,或许更为妥当。她曾无意中透露,她联系不上自己的弟弟。的确,大楼的二楼和研究生们的房间近来似乎都无人居住,但 K 也能感受到,她现在全神贯注在近日即将举办的花电车司机的选拔上,暂时忘却了其余的忧虑。

"把原本的通风管改造成热水管道,自然会遭到很多人的反对。我们与配管工人之间曾发生过一次小规模冲突,这一段历史也很有名。"

那一次,兴奋的世津变得格外健谈,说出了这样的事。令人意外的是,带着寝具去地下的通风管道工人大多是女性,其中大部分美津都认识,甚至有些是她的密友。其中,短发的年轻女孩世津与她的交情尤为深厚。

"纷争的历史。"

"大致就是这样,这些装置与其说是单纯的输送装置,不如说是为了让地下区域一带充满高温热水的装置,其主要目的在于保温,保证热源提供持续的热能。"

世津有着染成红色的短发和显眼的耳洞,讲起话来向来面无表情。"——推进导线的长距离化和复杂化就是为了实现这一目的。从流体力学的角度来看,通风管道、旋转轴和配管在本质上并无太大差别,细微的差异基本可以忽略不计。单纯来讲,容易扩建的管道类型在任何情况下都有优势。当然,防震和保温的强化也是必不可少的。每一位通风管道工都有着在自己亲自铺设的直结型管道内葡匐爬行的经验。我想,最终就是这种差异决定了一切——总之,那时被驱逐的配管工们,给这个区域留下了诅咒。"

"诅咒。"

"或者说是不祥的预言。"世津应道,"有朝一日,破坏会从源泉而来。确切来说就是这个意思。"

"当然,源泉应该指的是地下温泉吧。"

"那可真是很远啊。"

这时,K穿着橡胶拖鞋,脚尖恰好触碰到了一个纸质香烟盒,盒里塞着打火机和香烟。他将它拾起后,将香烟在点火装置上擦了一下,这么做的缘由只是因为他想起了空气团的事情。小火苗跳跃着,突然出现的光亮驱散了周围的黑暗,他们正在错综复杂的管道形成的黑色阴影里热切交谈,而被火光照亮的面孔——匍匐在地面上的男人用险恶的目光与K的目光交汇。那人像一只巨大的蜘蛛,迅速缩回在地面上摸索的右手,世津用扳手猛烈地捶打钢板,当迟来的美津出现时,藏匿在黑暗中的人已经一个也不剩地逃走了。——即便如此,那一瞬间他看到的那张脸的嘴角、眼窝和颧骨,就像色素迅速沉淀,发生了变色和变形一样,给K的记忆留下了讨厌且不愉快的印象。

接着,发生了一个意料之外的决定性变化。第二天,没有任何事先通知,一个陌生的男职员出现在地下商店,勤勤恳恳地把大量装着洋葱的木箱子摆放在路旁。

"原先的阿姨带着她的狗去温泉疗养了。"

中年男人一边工作一边解释,又补充道,她暂时不会回来。

"她之前几乎每天都要住在这里,所以一直想找人轮班。这些洋葱是很好的洋葱。个头大,而且甜。"

昨晚很晚才和 K 会合的美津,今晚就站在一旁,显然是陷入了和 K 完全不同的困扰中。

"她特意去的温泉疗养。"

"毕竟她在为狗的疥癣犯愁,"新职员冷淡地说,"如果不是山里的温泉,恐怕很难牵着狗一起进去。"

"B 区明明有大浴场和小浴场。"

"唔,是因为太喜欢那条狗了吧。"

——为什么需要鸡蛋这种东西,中年男职员显得有些不耐烦,他就连之前预定的份额也完全没有打算处理。

在回家的路上,美津粗粗的麻花辫垂在肩头,她身上的气息逐渐变得硬化并充满压迫感,K 不安地感受着这一过程。振动中的管道隆隆作响,周围的温度和可见程度都让他感到亲切,地下商店的明亮灯光与昨天并无差别。——"所以,你没有什么想问的吗?""啊?"K 有些不知所措,"我今天会早些回去。因为没有货物需要配送。"——她扭过头去,K 不知为何感到自己被冷落了,直到后来他才想起,那天的前一天是司机审查会的日子。在深夜的三角大楼前,他们像往常一样道别,第二天,K 在自己工作的事务所接受了官吏的问讯。

在仓库街进行维修工作的工人们拿出午餐便当,不拘小节地随地坐下,剥开洋葱的薄皮,用小刀粗略地将其切成月牙形的小片,一片片放入口中咀嚼。由于物流区本来就禁止用火,所以居民们一直以来就有不生火做饭的饮食习惯,这段日子里,在各家各户灰尘越积越厚的餐桌上,都只有生洋葱、干燥的乳酪、晾干的果肉和压缩淀粉一类的食物。用木勺搅拌杂炊粥的画面已经消失在记忆的彼方,居住区悬挂着粗糙的工业用灯,这里虽然宽敞得很,但角落里堆积的库存小山几乎就要坍塌。

"与其说是石头在成长,不如说是它在畸形化,这样不是更贴切吗?"

久违地与鼠再会——B在内心里擅自称呼对方为鼠——没想到鼠毫不客气地直接说道:"你们每天都看着它们,所以神经都已经麻痹了。比如这个屋顶,如果你们认为它看起来在成长,那么你们的眼睛可真是非常奇怪了。这种情况,在你看来究竟是怎么一回事?有什么能说的就快说——"

风声格外喧嚣的那一天,B一边清扫楼梯,一边一阶一阶地走上屋顶,这时她才意识到自从秋天开始,已经好久没有见到在大烟囱形的换气口旁一边避风一边吸烟的鼠了。

只要提着沉重的水桶和抹布打扫楼梯，就会意识到视线所及的范围内，石头正在成长。或者至少可以说，石头发生了显著的运动。无论哪一层石阶，那道被踏得肮脏不堪的横线都出现了参差不齐的凸起，新旧掺杂、颜色各异的石头大量出现，这令B感到不快。B用手指抚摸着凹凸不平的石头，不知为何，她想起了自己在影子驳杂的批发街下方行走时的场景，那些明显增高的仓库从四面八方盖过了她的头顶——在楼梯的前方，可以看到一个通往屋顶的小入口，闪着耀眼的白光。"妈妈，我好像又缩小了。"攀上石阶后，小B失神地说道，就连她自己也不知道她究竟是在向谁诉说。

接着，在那个秋云密布、风声嘈杂、有着大量通风口的屋顶上，B再次遇到了鼠。她和之前一样面无血色且身形瘦削，穿着入秋时B见过的那件脏兮兮的毛织上衣，连喉咙处的纽扣也被扣得紧紧的。果然她是流浪儿？她在哪里睡觉呢——B迷迷糊糊地想起，在忌讳用火的批发街，那些经常吸烟的人被大家嫌弃地称为"鼠"，她才意识到自己原来一直用这个名字称呼眼前的人。"不要吵吵嚷嚷的。"鼠开口说道，用三白眼中的黑色瞳孔锐利地看向这边。

"抽完这一根我就走，对你来说也没什么影响吧。"

"——可是，火柴棒和烟头最好还是捡起来。"B忍不住提醒,她的语气出奇地平静,"这段时间公会很严格。你站在那个地点,是那个可燃(hot)的地方?"

"差不多。就是你说的那样。——很高的地方,或是很低的地方。不过,如果风太大的话,就和地势的高低没有什么关系了。"

鼠在风中拨开挡住脸的刘海,又补充道。但她似乎连说话的时间也很吝惜,她朝向下风口,深深地吸了一口香烟,然后屏住呼吸,片刻之后,又陶醉地吐出粗犷的烟雾。周围充斥着震耳欲聋的风声和街道传来的喧嚣声,烟雾在风中弥散,越过排列着蓄水罐和烟囱形换气口的连绵房顶,向着房屋密集的灰色街市边缘扩散,向着阴天里群山上的云层扩散,慢慢变得稀薄。只有在这个地方,B的眼中才能看到一个正常的外部世界。煤气罐、波光粼粼的河川、街道上的建筑群、移动中的小型电车,一切都对上了焦,细微而缜密地映在她的视网膜上。然而,无论是距离还是空间上都被隔绝了,这一切又变得毫无意义。

"可是这里,"B突然意识到,"马上就要开始维修了。"

"维修什么?"

"维修就是维修。所有地方都是这样。"

"是认真的吗?真是愚蠢。"

紧接着,关于石头畸形化的言论被毫无顾忌地说了出来:"因为各处的变形已经到了必须要维修的程度,不是吗?"

用嘴叼起第二根点燃的烟,鼠越说越起劲。

"你的眼睛究竟长在哪里呢?真是的。有些人就是这样,不想看到的东西就视而不见。不过嘛,对我来说,只要你在工人在这附近忙碌之前离开就可以了。"

"今天还没有关系。"

"我不会再到这里来了。你放心吧。"

"你一直都和一大帮人在一起,不是吗?"小B回忆道,"并不是碰巧凑在一起,你们应该是一个团体。那到底是怎么一回事?"

"——你看起来像是个孩子,但事实上并不是呢。"

鼠的语气骤变。B惊讶地望向对方。

"实际上你年纪已经很大了。我一直都这么认为。"

"不是的。你为什么这么说?"

"和我在烟草店看见你的时候相比,你缩得更小了。"对方用冰冷的眼神打量着B,"尺寸在发生变化。你的衣服,已经肥大到松松垮垮的程度了。"

这是捡来的旧衣服,B辩解道。

"可是,你一直背着的婴儿,不是你的孩子吗?"

"不是的。不是,那是妈妈的。"

你果然在被人控制。明明你离开这里就可以获得自由,对方急切地说。你不过只是老鼠,B愤怒地反驳,她气势汹汹，声音大到几乎要喊人过来的程度。她最终没有这样做，因为屋顶世界的深处出现了一小群男人的身影，接收到信号的鼠立刻逃离。这种情况 B 也能隐约理解，流浪少女鼠终究是诱饵、斥候，是没有自由、听任男人们差使之身——她对此有所察觉。随后映入 B 的双眼的是各处隆起的地面，还有四周布满裂缝的惨状，屋顶世界被大大小小的烟囱形换气口填满，而换气口却被来自下方的强大力量顶了出来，似乎就像石笋和钟乳石一样，毫无规则地朝着各个方向变质变形。语言会改变观察的视角。

后来，B 照顾了因卷入吸烟者骚乱而内脏受伤的鼠，然后按照信件上的邮戳住址找到了位于山顶的私设邮局。在那里，她看到了类似的景象。

头骨实验室

"——我听说，清晨的工作很辛苦。"

有个人一边喃喃自语，一边在这个地方拉起吊桶。他的身份目前尚不明确，周围的环境不论怎么看都像是山中的瞭望台。时间大约是朝阳初升之前的清晨。——在日照时间逐渐变短的季节，山谷变得阴冷幽暗。植物吐出的浓烈臭氧气味、山间泥土的芬芳、偏低的温度、零星的鸟鸣，以及弥漫在肌肤上的浓厚湿气，大抵上就是这些因素共同构建了这片场景。

那个人已经拉了好一会儿，却仍旧不见吊桶的身影。他单脚踩着的石堆好像是一口石砌的水井，但无法确定那是否真的是井。跨过瞭望台的围墙，环顾四周，山腹间蜿蜒的公路隐藏在浓厚的晨雾里，零星分布的各种建筑的屋檐若隐若现。这些建筑究竟是什么，现在还无从得知。人迹罕至的洼地里滚落了几棵内芯焦黑的倒伏树木，而这一奇怪的景象却没有人注意到。

"喂食、定点测量、喂食。"

说着说着,空篮子终于被拉了上来。那人用手拍掉肮脏的黑色粉末,粉末看上去像是石炭的残渣。接着那人将明显装有食物的袋子放入篮中,再送回空井似的空间中去。回收袋子时,那人从底部拾起一张纸片,匆匆一瞥后,放入了口袋。那个身影的稍下方是瞭望台的停车场,在流动的晨雾里,仅有一台作业用的鲜艳小车孤零零地停在那里。相比平原地区,这里的秋天来得会更早些,满山的红叶如镜像般静止,仿佛被固定在这悠长的时间长河之中。

近处的山白竹①发出窸窣的响声,有什么生物折断了树枝,迟缓地移动着。

那个单脚踏在石堆上的人回过头来观察情况,在一瞬的踌躇过后,毅然朝着车辆奔去。松开的网在空中起舞,很快被吸进了空井,留下很大一部分挂在井口外一动不动。车辆排放出尾气,迅速驶入红叶公路,那个踩着枝叶和杂草移动的生物也消失了踪迹,此时已接近早晨,徒步旅行者们开始陆续出现,带来一片喧嚣。

---

①属于禾本科植物竹属,是一种常见的竹类植物,具有药用价值。

"所以说，火灾的善后工作。你知道吗，肥料是易燃的。"十和田上气不接下气地一股脑儿说完，"据说是负责施工电线的小职员点着了火，看样子官司是免不了了。工场被烧毁了大半，几乎没有什么完好的部分，所以他们希望由我来负责善后处理工作。"

重逢时，十和田穿着脏兮兮的工作服，驾驶着装有泥地轮胎的轻型货车。他能来到电车的山麓站迎接自己，令Q着实感到意外，"——毕竟我刚来这里的第一天就发生了火灾。虽说从实验室开车到栽培工场要十分钟左右，但是从远处也可以清楚地看到火势。我那时刚好在岩石浴池那边观望，当时的景象实在是有趣。"

十和田一连串的话让Q有些不知所措，不知该从哪里开始提问："栽培是要栽培什么？"尽管车里的焦糊味和肥料的恶臭让他有些退缩，但他还是鼓起勇气开口道。

"栽培什么？简单来说，实验室和栽培工场的投资方是同一类企业。善后处理需要人手，所以我才赶去那边。那里的肥料味很臭，而且都是些阿姨在工作。"

"所以它是栽培什么的工场？"

"就是你经常吃的东西。"十和田不论什么时候都喜欢亲昵地搂着别人，他用单手驾车，另一只手紧紧揽住Q的右肩，这令Q想起刚出检票口时他被十和田扼住喉咙的那一幕。

轻型货车每过一个小弯道，光线的朝向都会随之匆匆地发生变化，眼前的视野时而开阔，时而狭窄。Q原本计划在婚礼的第二天就启程，结果却逗留了数日——以等待下眼睑那块不光彩的淤青消退为借口。——可是推迟到达的消息究竟是如何被传递出去，才能使得仍有人能准时前来迎接，这令Q感到不可思议。"话说，火灾又是怎么一回事？"

"毕竟山顶很景气，连日里门庭若市。这个脏兮兮的工作结束之后，若是还能回到实验室，我倒是愿意暂时先留在这里工作。"十和田自始至终心情舒畅，"忘记和你说了，宿舍是多人间。反正往返工场都由我来驾驶。"

从他的语气上看，似乎已经默认二人都要前往栽培工场工作，但当他们到达目的地时，等待他们的人却干脆地赶走了十和田。那一天直到营业时间结束，Q也没能再见到他。——钟表上的时间已接近正午，Q离开街头的房屋已经快两个小时了。

"有两个人联系我，说是找你的。"

一个人以公事公办的语气告诉他。Q用些许茫然的眼神注视着说话的人，渐渐意识到自己正在愣神。

"剧团倒是无所谓，问题在于你的岳家。说不定你还没有意识到，我们对你的处理，将不得不变得慎重。这一点你一定要记住。"

"工作的话，我什么都可以做。就连苦力活儿也可以。"Q自暴自弃地说。

"你会做的事也不多吧。"对方不以为然地回应，"等东西完全煮熟后，将杂质剔出来的工作，或是商店、食堂的工作。然而对于后者，似乎上头的人并不希望你去做。他们似乎更希望你穿研究员的白大褂。"

说话间足音登然，他们步行的区域似乎是空调风力很足的头骨实验室，还可以窥见一部分游客需要付费才能进入的区域。这里调暗了走廊的照明，使得展品所在的玻璃柜看起来像是明亮地悬浮在半空中。"大件物品目前大多都被借出去了。很遗憾不能让你感到震惊。"

"比它们更大的，恐怕就只有鲸鱼和恐龙了。"Q说道。

弯曲的华丽双角、无法想象出其生前样貌的三角形喙部，一群附带着夸张装饰的巨大的头骨在黑暗中浮现，一瞥间，就能让人感受到强烈的恐惧。走入准备室后，景象变得更加独特——骨头是白色的，这一理所当然的现实在此刻变得格外刺眼，成列的保存棚里堆满了形形色色的白色头骨。哺乳类、爬虫类、鸟类，还有其他生物，各种各样的形状都让人不敢仔细端详。作为装饰，空余的墙壁上也挂着影子斑驳的鹿角，而最令人叹为观止的则是那宽敞的工作台。那是外行人也能一眼就认出来的啮齿目动物，数百颗轻薄而小巧的头骨密集排列，每一颗都具有空洞的眼窝、尖锐的牙齿等烦琐的细节——密密麻麻地猬集在一处的事物让Q感到厌恶,他难以把握视野中的那些细微之物。

"眼睛都被刺痛了。"

"我希望你可以关注工作量。"

还没有报上名来的人说道,并在走路时随手拾起地面上的小型头骨,放回工作台。Q不时瞥向对方,这个人的样子让人不得不去在意。这个人穿着一件白大褂,大概是位研究人员,而这个剃光后颈的头发、让刘海垂下来的人究竟是男孩子气的女性,还是有着女性气质的纤细男性,Q无从判断,对此也不由得目瞪口呆。

"我们与海外的食茧公司也有合作。就是以收集和贩卖鸦类吐出的食茧而闻名的那一家。"

"有名的那一家?"

"很有名气。总之它的确存在。"对方继续讲述了一件很奇怪的事,"本馆的收藏品大多都是从海外进口的稀少头骨,除此以外,我们也有负责从附近的野生动物尸体中采集头骨的部门。解体工作和大致的准备工作,都在运到这里之前就做好了,只是最终的部分还需要由手工来完成。像食茧中干净完整的骨骼标本这样的,可以轻易入手的东西很少——这个先暂且不提。"

对方的嗓音非常沙哑,好像喉咙受了伤似的,暂时改变了话题。"首先，适应这里很重要。今后的外勤工作也想委托给你。比如定点测量。"

"所谓的栽培工场，"Q再次问道，"在栽培什么？"

"可以生食的白色蘑菇。"

Q得到了坦率的回答。

他们来到展示室的终点与其他人会合。大堂里有一间小卖部，背着背包的徒步旅行者们三三两两地聚在那里。一个年轻的女职员从人群中挤出，匆忙地从收银台跑了出来。她转眼间就冲了过来，差点儿撞上Q身旁那个穿着白大褂的研究人员，然后强行将对方拉到路边。

通过气味察觉到了什么——那时的Q并没有这种自觉。古龙水或香皂的气味掠过鼻尖，他对于那个在路边热情诉说的年轻制服女孩印象不深，他们压低声音的对话也没有触动Q的感觉器官。浓密的黑发垂落在白大褂的肩头，微微晃动，单眼皮的眼睛看向Q这边——Q觉得这个人似乎很眼熟，但这只是无关紧要的细节，最终他也没有弄清楚。

"新人欢迎会的相关事宜，我们改日再聊。"

密谈结束后，声音嘶哑的研究员对Q交代道。那一天下午，Q几乎单独承担了"等东西完全煮熟"的整个工作流程。幸运的是，不需要用巨大的木棒搅拌电气釜的内部，只需要通过观察口确认浮沉状况即可，但Q的食欲却显著下降，提供的工作服白大褂也无比坚硬，这让他感到不悦。

坐在弹簧已经有些松弛的办公椅上，Q思考着为什么自己现在要做这样的事情。过去的时光在Q的脑海里来来去去，一切都超过了他的存储和消化能力。——这里有电话，可以与姐姐取得联络，在来这里的路上，他看到了一家私人邮局，这些漫无边际的想法如泡沫般浮现又消失。他也无法不回忆起那不知是私人住宅还是旅馆酒店的宅邸，他在里面度过了如囚犯般的新婚生活——宅邸中弥漫着若有似无的扁柏香味——他的新娘总是被妹妹们团团围住，几乎没有能够供他二人独处的时间。如此说来，在剧团里被人夺走的两封信，也可以当成是完全消失了。

当他坐在食堂的角落里吃着迟来的午餐时，身份不详的研究员再次出现，这次手上拿着文件。

"你是已婚人士，可以填写些必要的信息吗？"

对方似乎完全不想透露自己的名字。"宿舍是专门给单身者使用的，如果想让配偶过来的话，就需要去住附近的酒店。但是现在无论哪里都客满了。"

"我可以问问有关雇主的事吗？"Q咽下口中的饭后说道。

"老板的事吗？"

"老板是女性吗？"

于是出乎意料地，对方那没有化妆痕迹也没有胡楂的脸贴近了Q，说道："——是女性。"

在餐桌对面，Q的目光落在那张垂在对方颈部的身份证上，他瞬间读到了与照片并列印刷的名字，这个头衔让他感到惊讶。工作结束后，Q终于得以和十和田重聚，并向他提及此事：

"不，那个人也是住在这里的工作人员。我来到这里的第一个夜晚，在岩石浴场看到火灾的事，不是已经和你说过了吗？那次我们刚好在更衣室入口擦肩而过。虽说在浴场里遇到彼此就只有那一回。"

魁梧的十和田似乎对自己的待遇有些不满，他把邋遢的工作服扔在了Q的床上，然后用一只手臂勒住了Q的头。这种情况经常发生，所以Q也只是随便地应付了一下，但是对方异常执着，以至于Q被扭到了关节，感觉到真实的疼痛。"我不想一直待在这里。机会难得，我打算出去参观几天。"

"有想去的地方吗？"

十和田终于松开手，在这个不太宽敞的二人间里焦躁地走来走去。Q因为寒冷早已拉紧了窗帘，此时却被十和田"唰"地拉开，夜里结着露水的大窗户映入眼帘，明亮的室内光景与黑暗的山中景致重合。在那最深处，只有山下的一个角落灯火通明，让人难以确定那里是远在天边还是近在咫尺。

"——Q，你来这里后吃了什么？"

"在食堂吃了套餐。"

"煮熟的饭和热汤，都久违了吧？"

"汤已经凉透了。"

隐隐悟出对方想说什么，Q想起自己在黄昏外出时目睹的景象。日落后附近骤然变冷，他没有时间走到附近的瞭望台或缆车的发车站。道路拥堵不堪，挤满了下山的旅客，这似乎印证了他之前听到的景气状况。

"这里有温泉涌出来，因此也有岩石浴场。"十和田继续说道，"可以吃到热腾腾的饭菜，还可以像平常一样吸烟。除了工作脏了些，这才是正常的生活啊。在街市里的那种生活，到底算什么呢？"

"公会堂的浴场是不是从这里的温泉引了水？"Q岔开话题，"怎么可能，太远了。"站在窗边的十和田望向窗外，"讲句闲话，你看那儿，那里就是那家伙的房间。"

隔着中庭与自己所在的楼栋呈直角的别馆里，有几扇窗漏出光亮，其中一个明亮的房间的窗帘缝隙处，一条狗蜷曲着前腿端坐着。这只脸部扁平而狭长的狗不知是什么品种，它一动不动地凝望着山脚下的街灯。温暖而寂寥，不知为何这个场景给Q留下了深刻的印象。

作为忙碌的一天的结尾，他们顺其自然地去了方才谈论过的岩石浴场，十和田身上带着浓浓的汗臭味，晚饭后二人也没有什么其他的安排。对方还在执着于自己只是个土木工人，Q不去理会他，专注地看着路上的景象——大堂里的小卖店早就关门了，实验室的出入口里外都上了锁。然而，馆内仍有大量职员居住，里面弥漫着他们的气息。小胡同的尽头是浴场的入口，浴场的大部分都埋在地下，从男女分开的入口处，Q推测出这里曾经是旅馆一类。

"说是要给新人开欢迎会。"十和田一个人兴奋地大声说道，"这里有很多女职员，你看到了吗？"

就在这时，刚好从女汤标识的地方走出两个人，她们含笑离开。在这个多少有些可疑的设施内，为什么需要那么多住在里面的工作人员，Q似乎对此感到疑惑。不过，他很快就把这个问题抛在了脑后。"所以说，那个叫泽田的人……"Q想起来，开口问道。

"嗯，那是谁？"

在更衣室里，十和田因薄薄的墙壁对面的事物而意乱神迷。Q本想询问十和田，火灾那一夜他在这里的出入口与那人擦肩而过的事情，却被十和田邀请去偷窥女汤。

"这个声音，是那个商店的女孩，她马上就要去泡岩石浴了。"

"这个轻快的声音吗？"

隔壁更衣室传来的说话声虽然不是很清晰，但是可以隐约听到一个极具特征的甜美语调，萦绕在耳边。和她白天时低声密谈的声音有所不同，但听上去的确在和同伴说起接下来要去露天浴场的事。

"那个女孩也是新来的。也就是说，欢迎会计划是为我们三个人准备的。再不快点儿，她们就走了。"

"太冷了，我不要。室外不是还要穿泳衣吗？前辈请一个人去吧。"

"不愧是已婚人士，不对，有孩子的人讲话果然不一般。"十和田突然提高了音量，刚刚脱掉上衣的 Q 被吓了一跳。

"——在剧团里也一直有传言，我觉得你需要支付生活费很可怜，所以才选择一直保持沉默。"对方脸上露出了明显的恶意，"听说你还厚颜无耻地成了上门女婿，无名指上的金戒指是怎么一回事？偷偷摸摸藏起来的态度也叫人窝火。让我看看。"

Q 的左腕被扭到身后，他奋力抵抗，与冲动的十和田激烈地扭打起来。就在此时，隔壁更衣室的人似乎也在屏息沉默，接着传来一声沉闷的声响。

"啊。"

"啊。"

两边的人目光相接，身体凝固不动，那时刚天黑不久。美丽的狗透过窗帘的缝隙凝望着下方闪烁的街灯,某个漆黑的山腹中传来山白竹的沙沙声,似乎有什么生物正在笨重地移动。

井

——你见过喷泉停止的瞬间吗？

对方以平静的语气说道，K默默地坐在一旁听着。时间似乎凝固在流动之中，无从辨别此时是刚进入午后还是黄昏，只有积满落叶的池水散发着浓郁的气息，弥漫在四周。

"喷泉会在夜里停止，仅在清晨空无一人时才重新流动，而在傍晚天色变暗时又会停止。虽然这是由自动装置控制的，但我一直在关注傍晚时喷泉停止的那一瞬间。毕竟我从不在清晨来这里。"

对方停顿了片刻。"——喷泉的设计初衷是为了让池水循环流动，以此保持水质。如你所见，虽然设计很简单，在广阔的池水中心也仅有一个喷水口，但喷水的声音却很悦耳动听，在不同角度的阳光照射下，它也时常显得非常美丽。不同季节的喷泉停止喷水的时刻也有所不同，当日落时间提早时，喷泉也会相应提早停止。我曾试图精准掌握它的停止时刻，但那个自动定时器似乎每天都会做出微小的调整。我知道大致的喷泉停止时间，我也一直在努力抓住那个瞬间，但意外地很难。就像现在这样，我会坐在长椅上监视它，但稍一不注意朝别处看去，再转过头来时它已经停止了。就在刚刚还喷薄而出的水流与水声一瞬间便戛然而止，以已停止运转的喷水口为中心，只有四周的喧闹声还在继续。喧闹声也很快便消失了，水面再次恢复平静。如果能够抓住那一瞬间，那种珍贵的感触，那份震撼与喜悦，那场景与倒放的电影片段也略有不同。——它是没有预兆的，如同无形的刀刃一闪而逝。一直喷涌着的水流就像被吓了一跳似的，突然从源头被切断。被毫不留情地压制，被竭尽全力地中断，留在空中的水流失去了后续的支撑，瞬间失去形体，无助地跌落溃散到水面上，只留下微微涟漪。目睹全过程的成就感和满足感——将抓住失去的一瞬间称之为充足，的确是一件奇妙的事情。但是，一天只发生一次的这一瞬间，没有人可以否认那种温暖充盈心胸的感觉。

"我只是讨厌失去，无论是出于何种原因，我都讨厌察觉到失去一切的感觉。我会用我的双眼仔细观察那些失去的瞬间，贪婪地将那一瞬品尝殆尽，就像是将无限分割的照片烙印在我的视网膜上一样——因此，我每天都会来这个公园，坐在水池边的长椅上。"

接着是短暂的沉默。"作为倾听的回报,我也想听听你的故事。"对方平静地说。接下来轮到 K 开口。

"——说到大坝孔,你也一定有所耳闻或是曾经亲眼见过。那是为了防止水位上升过快而在大坝上设置的排水装置,当水从孔中流出时,会在水面上形成一个巨大的圆形空洞。它会诱发人们跌向无边深渊的恐惧,因此人们才特地将其命名为'大坝孔'。类似的景象还可以在水源地看到,在透明度很高的水里有着水底洞穴。深不见底的垂直洞穴在清澈的水底清晰可见,这种恐惧与诱惑叫人无法移开视线,全身的血液似乎都向着脚下流动——那样的景象,曾有一段时间我几乎每个晚上都会看到。

"地下室里的温水泳池深不可测,我不知道为什么它要建那么深。说到多余,水面之上也不知为何有着令人惊奇的空间。而水面下则又是一个完全不同的世界。我曾试着缓慢地沉入水中,耳畔荡漾着自己血液的悸动与水的涌动,墙壁上的瓷砖图案映照在光的折射之下,抬头望去,水边的列柱是倒置的,看起来像是闪烁的影子。在深秋的温水泳池里,越靠近底部,水温就越低,但间歇地就会有强劲的温水水流涌上来。为了保持水温,会从底部漆黑的圆形孔洞中补充大量热水。我能感到身体被温暖的水流包围,她嬉闹着将手臂缠上我的脖颈,沉重而有力,似乎要把我带到更深、更温暖的地方——但实际上,直到现在我也不知道该如何描述我和她之间的关系。我不知道她的目的，也不知道她住在哪里。我猜她可能住在编组场，在她一声不响地和我断了联系之后，我去找过她，但最终什么也没有发现。"

K支吾其词："我刚刚是在说水底的孔洞。它就在我们游泳时的正下方，是一个漆黑的、难以形容的泳池底洞。它正是预告中提及的'破坏将从源泉而来'的那个洞穴，自从被禁止出入以后，我恐怕再也看不到那个景象了，我已经永远失去了它。"

——出乎意料的是，K在工作地点接到了政府官员的询问。在笔耕事务所里，达摩形状的暖炉一整年都不会收起来，某个午后，K刚刚处理完手头的工作，就见到两个男人身着便衣来访。虽然他们指名道姓要求K配合，却一直优哉地闲谈，迟迟不肯进入正题。

"你说的三角大楼，是那个颇有几分像市街地标的建筑物吧。你居然住在那么有趣的地方。"

"住在那里的座长夫人提交了报案登记，因此我们在这段时间里几次登门造访。虽说这种丈夫失踪的案件也并不稀奇。"

"你也吸烟吗？"官员的目光投向K桌上的打火机和烟草盒，"到底是怎么一回事呢，这个奇妙的时代，我们也收到很多投诉和询问，真是让人为难。到底该如何是好。"

"你通勤是搭乘市营电车对吧。"——终于进入正题，K警觉地探听起美津的情况。

"作为她的交际圈中的一员，你的名字出现在名单上，仅此而已。"

"就只是出现了你的名字。"

这两个人依旧在轮流说话。

"交友方面完全没有问题。但是，她从事的个人副业可能会有问题。根据内容，有可能将周围的人卷入其中。"

"视内容而定。"

"是在说配送鸡蛋的事吗？"K插嘴道。

"鸡蛋？"一人说道，另一人挑起眉毛。"那个东西，真的看起来像是鸡蛋吗？"

"是鸡蛋的味道。"

"你居然吃过？"

"你这个人真是无忧无虑啊。我们已经确认过你没有把她藏在房间里。如果可以，请转告她，她已经被传唤了。"

K没有说出昨晚相遇以后发生的事，他内心焦虑，心急如焚地等待着工作结束，就这样度过了那一天剩余的时间。夜晚，灯火通明的公会堂只敞开了窗户，外侧的大门紧闭，在行道树的包围下，有轨电车车站被黑暗笼罩，只有轨道的金属光泽隐约可见。

K发现门没有上锁，于是自然而然地走到地下三层，昨晚运送洋葱的中年职员在受理柜台冷漠地说，K的入场券已经过期。

"不行不行，客人你可真是厚脸皮。你已经随心所欲做了不少事，该收敛一些了。如果不赶快离开这里的话，会很麻烦的。我们也不想被牵连进去。"

昨天的同伴没有来吗？K试着追问，对方脸上露出了厌烦之情。"你快回去吧。今后不准再出入这里。有损声誉。"

公园的喷泉不知何时停止了喷水。没有了喧闹的声音，树叶沉入水底，池水表面像涂了黑油的镜面一般平整，K不知道长椅一旁的人今天是否也目睹了那个瞬间。

"——那时我感到迷茫，从楼梯下方仰望那尊有着圆形牙齿的大象雕像。蜿蜒向上攀升的楼梯扶手半藏在阴影中，点缀着几只动物的石雕。我已经不会再看到它们了吗？底部有孔洞的泳池，幽暗而温暖的地下四层里的亲密时光，深夜的有轨电车上看到的奇景，都不会再重现了吗？失去的事物在我的脑海里骨碌骨碌地打转。清晨的电车司机是个陌生人，这让我感到不安，我隐约知道，白色泳帽上挂着泳镜的女司机已经消失了。为什么昨晚分别时我没有去向她确认，为什么不去听她讲更多事？正方形的牛雕像端坐在台座上，用奇怪的眼神冷冷地俯视着我。因为水汽氤氲，无法看清它的轮廓，我试图伸出手去触摸。虽然我一直知道那里富含水汽，可那时我才第一次发现，雕像的位置比我想象的要高。石阶阴影斑驳，陡峭而紧凑，我每晚都走过这里，却一直没有注意到这样的变化，这让我感到惊讶。就在那时，我被突如其来的恐怖所笼罩。陡峭的楼梯绵延无尽，感觉似乎再也无法回到地面。"

"——所以当你回到这个地方，你一定认为这里已经不是原来的世界了吧。"身旁的老人用沉稳的语调说道。

"我和事务所请了假，最近都没有去。"

"我早上不会来这里，"老人缓慢地挺直腰身，"如果你有闲工夫，不妨来参加公园清晨的劳动。"

"是大扫除吗？"

"也包括打磨石头，清理楼梯井。与源泉相连的，不光是地下浴场。"

无法再焚烧落叶后，游步道上四处堆积的落叶确实有每天都被一丝不苟地清扫过的痕迹。纪念墓地的区域和管理事务所一带的路旁多是些枝繁叶茂的巨树，不过 K 对阶梯井没有什么印象，他一边思考一边行走，心突然漏跳一拍。被雨水淋湿的树干和树枝间，有一个小小的人影正在移动，从远处看去，那鲜艳的红色短发、背上的睡袋和腰间的施工用安全带，都让 K 倍感亲切。

那个移动中的通风管道工人，大概是世津的那个人影显然有自己的目的地，步伐坚定有力，渐行渐远。K一边犹豫着是否应该大喊她的名字让她停下来，一边迅速追了上去。那个人影径直穿过树林，似乎向着野外音乐堂的方向前进。湿漉漉的落叶使得双脚不断打滑，K在追踪过程中一度迷失了方向。当视野最终变得开阔，他发现洼地中的音乐堂广场异常宽敞。到了夜晚，这里会成为由大量石材搭建而成的阶梯式观众席。总体来看，这里像是胡乱开采的采石场，或者是古代竞技场的遗址，让K想起他曾在喷水池附近见过的一个连着台座一同倾斜的纪念碑。夜色中暗流涌动，在比K预想得更近的地方，一个背着睡袋的身影正在缓缓移动。

K在高处的观众席上大声呼喊，年轻的世津转过身来，抬头望着他。原本没有什么表情变化的脸上，似乎被激起某种情绪。话虽如此，那时候天色渐渐变暗，他连对方的五官也无法看清——K的注意力开始涣散，不久后，他脚下的石头突然发生了崩塌。

盗 窃

翌日一大早，就有电话转接了过来，电话铃声在 Q 赶到以前就戛然而止。将没有声音的话筒放回后，电话又响了起来，Q 连忙接起，耳畔传来了未婚妻的声音，不，现在应该说是新娘的。

"我听说你受伤了。明明淤青才刚褪去。"或许是线路状况不佳，电话那边的声音含混不清，还混杂着——"工作也一定很辛苦吧。我已经要求他们不安排你和别人合住了，你昨晚休息得还好吗？"

"您的消息好灵通。"不经意间，Q 下意识地开始用客气的口吻说道。

"X 光片也已经传真过来了。这是你的骨骼。嘻嘻，我一个人在看。"

"是谁把那样的东西……"

"是白羽的朋友。返还奖学金的事，我们已经决定替你承担了。"

"欸，你说的是泽田对吧。"

"那是姓氏。比起这些，我真想早些去你那里。也想看看你受伤的部位。"杂音越来越大，在 Q 的多次追问中，对方的声音越来越模糊，突然被另一个人的声音替代了。"——在这样的紧要关头，你到底在做什么？单纯个骨折还要叫人来接电话，男人可真是够了。"

"被叫来接电话的是我。"

"现在呢，每隔十分钟就会有反应。孩子马上就要出生了。可不是打电话的时候。"

在 Q 还没弄清楚状况时，电话就被对方单方面挂断了。经过前一晚的事，Q 很快就了解到整形医生泽田的身份与性别等信息。尽管在食堂看到他的身份证时就已略知一二，但对方还拥有放射科技师的资格，这让 Q 有些意外。

"完全骨折了呢。前臂的这里是尺骨，这个是桡骨。"在夜里被叫出来的泽田挽起睡衣衣袖，指着拍摄的 X 光片淡淡地解释道，"这条渗入尺骨的裂痕，这部分接合还算完好，就算不做任何处理也会自愈。固定后，大概需要三周时间。"

让受伤的 Q 坐在大堂，跑去宿舍楼栋叫来泽田的自然是十和田。此前，Q 已经知道馆内有一间诊疗室了。等到十和田回来后，大堂的沙发周围已经聚集了一些女员工，她们身上散发着澡堂的香味。而上半身穿着半袖的 Q 则屈膝仰卧在沙发上，右手遮住双眼，小巧的童颜令他获得了巨大的同情。尽管他本人对此似乎毫无察觉，而一旁的十和田却感到，Q 在骨折后，他身上散发出的气质似乎发生了某种变化。自从不再合住后，K 主动调解了十和田的解雇事宜，即便如此，Q 却比以前更沉默寡言，时常露出令人毛骨悚然的迷离表情。夜深人静时，Q 会在单人间宿舍里，从口中吐出白色物体，如灵魂出窍一般。在十和田看来，Q 不过是剧团的末流人物，只上过一次舞台而且还演得不尽如人意，却如此受欢迎。他不由自主地想凑上去用手指弹他脑袋或是摇晃他的肩膀，但又想到他左臂还打着石膏，只好忍住。

"你也没有驾照。在你手臂伤势好转之前，电气釜的工作也由我来做吧。"

泽田叹了口气。"我可以帮忙遛狗。"Q 自嘲地说道，宿舍楼栋里的那只美丽的狗矜持地拒绝了他的申请，它平时似乎只在清晨或夜里悄悄地外出活动。

很快，新人欢迎会的日子就到来了，没有人提议延期。那天刚巧是休息日，十和田上午就去了街上购物。学艺员和正式职员几乎都去研修旅行了，对实验室的这一异常状况，十和田已经有所了解。Q 当然完全派不上用场，而用轻型货车捎上小卖部的富喜江，也只不过是顺便而已。

"明明泽田的车更好。"富喜江晃动着黑发勉强坐进来，毫不掩饰她的不满，"可以先去邮局吗？"

"你总是用这种方式说话，不累吗？"

"你的名声很差。还很臭。"富喜江用手帕掩住鼻子，娇媚的口吻配上夸张的抑扬顿挫。

她不断吵嚷着要停车，于是车停在路边，她手里拿着封好的信件奔向山顶邮局，很快就空手归来了。"总是没有寄信的机会。这里是私设邮局，有专门的配送员，所以很快就可以送到。"——她捎过去的信件有两封，外包装都是随处可见的普通信封，没有给二人留下任何印象。但富喜江嘴角带着轻笑的态度让十和田不爽，再次让他有一种曾经在哪里见过对方的感觉。

购物，自然是去采购欢迎会所需的食品、装饰品和奖品，下山的路程花去了许多时间，当他们接近市营电车飞驰而过的市街时，十和田才感到对话慢慢步入正轨。时隔许久他们又来到这里，现在街头挂满了花电车的巨幅广告，此外还有其他明显的不协调之处。富喜江说她曾在这附近工作，但她讲述的工作经历有些不自然，然而大肆吹嘘自己曾是剧团红人的十和田，倒也没有戳穿对方的资格。

"那是那个……"

"那是幻魔团的。"

二人同时用手指指向挡风玻璃的前方，却又突然默不作声。因为他们看见三角大楼二层的一排窗户旁，出现了一个像是座长夫人的身影，娃娃头，脸颊深陷。电车道的拐弯处，偏橘的浓黄色悬铃木被残忍地折断，缠上了空中的电线。只是，这座三角大楼原本就是如此庞大的建筑物吗？——练习室的那一排窗户移动到了比树梢更高的位置，厚重的玻璃窗的总面积也发生了巨大变化，但不知为何，只有那些脏兮兮的手绘广告板依旧保持着原有的尺寸，留在原地。在某个偏远的角落，也就是那个玻璃的变形与增厚最严重的地方，座长夫人正俯瞰街道，显得非常孤独。她背着一个看起来格外沉重的深灰色木雕人偶似的东西。或许那就是座长高大的身影变形了吧。他们坐在车里，没来得及仔细观察。

"似乎一切事物的大小都发生了变化。"

富喜江一不留神用真声说出了这句话，她马上捂住了嘴巴。这时，突然从身后传来刺耳的警笛声，但十和田并没有因此感到惊讶。有轨电车发出船舶汽笛般的威吓声，直冲他们而来，两层楼高的车身上挂满了悬铃木的枝权，形成了一个掺杂些橘色的黄色旋涡。

毗邻仓库街的公营市场人潮涌动。十和田刚把轻型货车停在商店的路旁，"不要熄灭引擎"。站在路边的职员立刻开口说道："熄灭了就无法再次启动了。你们是从山上过来的吗？"——这里也张贴了花电车的大型广告，画中挂满灯饰的电车冲向黑色纸张的斜前方，宛如一个炫目的独眼巨人。

这里原本是建在专用铁道上的驿站，有着半圆形的屋顶，后来被用作了公营市场。匆匆一瞥，陈列商品的柜台似乎延续到视线的尽头。他们要去的鲜鱼店正在进行巨大鱼类的解体作业，富喜江避开飞溅的脏器，挑选出各种装在一斗罐①里的带壳牡蛎。"街市上明明就无法用火，为什么还在卖切好的鱼肉？""可能是用来生食或是腌渍发酵吧。"——二人下意识地用低声交谈，周围的解体工作仍在继续，在成群买家的簇拥下，鲜鱼店的员工时而将鱼悬吊于钩子上，时而挥舞双手拉锯，盛况空前。十和田没有找到他心心念念的臭鱼干，出于泄愤，他转念一想便购买了一整个挂满冰霜的冷冻鱼头。"我把鱼头连骨头也嗦干净后递给你，你会高兴吗？"

"那是泽田。"正在挑选扁平圆牡蛎的富喜江迅速回过头来，"那件事情可以商量吗？"

"你迷恋上只对骨头感兴趣的人了啊。"十和田趾高气扬地说，"裸体的骨骼照片的话，对方说不定会喜欢。"

"那个人还会驾驶观览车。还有很多其他的技能。跟

---

① 有 1 斗（约 18 公升）的容量，四方形的金属罐子。

你截然不同。"

"泽口每天清晨都牵着狗,开车去给某种生物喂食。"

"很久以前,就有传言说西比来山多落雷,还有条大蛇住在洞穴里。"富喜江巧妙地转移了话题,"那是涌出温泉的地方,即使天气很冷,蛇也不会冬眠。如果非要我预言一下的话,我猜你最终会被那条蛇整个吞下去,只有骨头被干干净净地吐出来。"

两个人推着手推车,车里堆满了一斗罐和放着鱼头的箱子。周围是一排排巨大的冷冻集装箱,它们向着遥远的半圆形天棚上的钢筋延伸,十分壮观。如今不光是石头,大多数无机物也在逐渐变得巨大。他们离开市场,准备前往批发街的装饰品店,这是他们事先制订的购物计划。十和田想起自己曾带Q去那里准备公演,而现在,他只是想象一下批发街上那条影子稠密的石砌路,就感到背脊发凉。一辆刚刚抵达运输入口的大型货车在逆光下投下巨大的影子,挡住了他们的去路。突然,车上的一条巨大姥鲨[①]散发着剧烈的恶臭,轰然倒塌。富喜江惊叫一声,拉着手推车迅速逃向路旁。而十和田被匆匆赶来的工作人员推向了另一个方向——那时,他发现理应由他保管的钱包已经不见了。

---

①鲭鲨目姥鲨科姥鲨属滤食性鲨鱼。

回到那辆一直保持引擎运转的轻型货车旁,富喜江正忙着整理倾倒的货物,十和田发现她在悄悄咋舌。"你是不是想自己偷偷离开?""明明是你让我照看大型货物的,你到底在说什么?""你把我的钱包偷走了!"——争吵过后,十和田发现钱包的确在富喜江手上,二人去往批发街的路上,十和田心中的疑虑也并没有消失。

"要买些便宜的纸花和气球。"到达装饰品店后,富喜江一人下了车,"你要是担心的话,就在这里等我。买东西有我一个人就足够了。"

启动着引擎在店铺门前等待的样子,就好似强盗的同伙,这样的念头浮现在十和田的脑海。他取出烟草盒,表现出一副从容不迫的样子。这里虽说是一家装饰品店,但附近净是些灰色的建筑物,给人一种冷漠的感觉。十和田在车内,并不想亲眼看到变得巨大的石砌路。而富喜江费了全身力气才能推开的店门,比剧团所在的旧大楼和公营市场的门相比都显得更加庞大。这里的墙壁上也贴着花电车的宣传广告,但边角卷起的纸张下面,可以看到幻魔团过去的宣传单。这里果然是自己曾和 Q 一起来过的店,十和田想道。

"——你们是从山上过来的对吧。"

旧公演宣传单上印刷着模仿古老火柴盒厂牌图案的圆锥帽蛇女,正当十和田对它看得出神时,背后传来人声。

驾驶席上的他艰难地转过身去,与一个眼睛异常巨大的少女隔窗对望。接着,两个少女钻进了装货台里,藏身在金枪鱼箱和一斗罐的缝隙中,其中一个不知为何号啕大哭,容貌看不真切。而另一个小姑娘眼底有着浓重的黑眼圈,极度尖细的下颚,还有漆黑得仿佛被颜料上色过的眼仁,显然是容貌发生了变形。

"别随便上别人的车。你这人真是古怪。"

"你可以把这个女孩捎到山上去吗?到山顶邮局就好。还有你的烟草,我想还是立刻把它收起来为好。"声音嘶哑的姑娘用指尖指了指另一个姑娘,"这儿也没法吸烟,而且还会招来麻烦的警卫团。虽说我也因此和他们吵过很多次了,没什么资格去指责别人。"

"别说别的了,快快开车。"握着书信似的东西号啕大哭的姑娘插嘴道,她的脸也微妙地缩紧,难以分辨她究竟是大人还是孩童。"所以说,鼠,你也和我一起去吧。你留在这里,只会被人利用。"

"那位魁梧的哥哥,"被称作鼠的小姑娘将脸扭向十和田,"如果你来自山上的话,那你知道Q这个人吗?他送来了一封信件,邮戳上的日期是今天早上。"

富喜江搜罗了各种物品,捧着一大堆东西跑了回来。然后她迅速藏匿起来,没人注意到她的存在。今天早上在山顶邮局寄出了两封信,而在剧团的楼上,Q写的信也是两封,一时间十和田联想起了什么。那个偷盗癖好广为人知、爱好预言的女座员,此刻和富喜江的身份重合,而十和田握着烟的右手被人越过车窗擒住,他还没反应过来,就被几个人推搡着拽下了车。——关于此后极度混乱的事态,很难说魁梧的十和田能对此有正确的认识,但最关键的是,是对方先动的手。不知从哪里涌来的一大群人围成一圈,嚷嚷着声讨十和田,而他毫不犹豫地展现出了自己容易动手的性格。两个小姑娘身上都有被人抓捕的历史,盗窃团伙的嫌疑似乎也落到他的身上。刚刚的少女二人组不知逃往了何处,她们将乱斗抛在身后,轻快离去。而轻型卡车的装货台上,只有摇曳的巨大鱼头和摞成小山似的一斗罐。

批发街上有台电梯坠落,很快便有惊慌的叫喊声传入耳畔。几乎与此同时,另一个方向传来了混杂着骂声的嘈杂声,那声音清楚地表明了逃跑的车辆撞飞了什么人。此时,满身疮痍的十和田牙齿残缺、关节脱臼、浑身淤青,怀里空无一物。为了返回山顶的实验室,接下来他需要仰仗一个意想不到的同伴。

奖 券

"奖券小贩就要来了。那人几乎每个月都会来。"

通风管道工人世津说道,虽然语气与平时一样恬淡,却可以从她不安分的小动作里隐约窥见她的热切期盼。"那人来访的频率依季节而定,有时候间隔会很长,如果中了奖,可以说是发了大财。而且奖券还附带占卜,它意外地中的概率很高。当然,我是说占卜。"

世津正在晾晒洗好的衣物,她一边说话一边拧干毛巾,擦拭自己的脸和脖子。她穿着男款的无袖上衣、工装裤和坚硬的工作靴,打开食品罐头后将它们排列整齐,又端详起自己刚刚在街上打的那几个耳洞,说着各类漫无边际的话题。对 K 来说,她的举止颇为新奇,他在床榻上睡眼惺忪地观察着她,又再次昏昏睡去。——挂满扳手的旧工具带在角落里堆成一团,显然在这一阵子它们总是被遗忘。

在阶梯井的低楼层一起生活后,K 才明白,在地下旅行的通风管道工人也有作为据点的定居场所，在这个奇妙的场所里，世津的床铺就像是野营的巢穴，这倒也确实符合逻辑。K在音乐堂里小小地滑了一跤，不小心扭伤了腰，只能暂时每天通过睡觉来打发时间。后来，当他为了沐浴日光，走到可以俯瞰水井的楼层边缘时，才发觉自己对于街市上的生活已有了明显的疏离感。"公园外面就是电车道。你若是想回到姐姐那里的话，我不会阻止你。"——世津时常重复着这样的话，即便K解释自己并不清楚女列车司机美津的去向，但就算解释了也无法让她相信。

"比起这个，传唤令究竟是怎么一回事？"

"她是不是运输了什么不得了的东西？大家都知道姐姐染指了很多生意。"世津淡淡地应道，"听说就连生意对象也经常换。"

"她经常提起有很多人邀请她。"K装作毫不知情，"听她的口气，似乎除了做列车司机以外，她还有其他工作渠道。她似乎也在为此做准备。"

"我想她说不定已经改头换面，换个地方生活了。"对方的语气异常肯定，"如果你真的不知道她的去向，那么姐姐的容貌可能已经变得和以前全然不同，即使你再见她，也可能认不出来。虽然哥哥你可能不会相信，但她就是那种人。"

自从把K唤作"哥哥"之后，世津就再也不愿为工作而远离家门了，而 K 却暗暗觉得自己总有一天会抛弃世津离开这里。每当 K 清晨睡懒觉时，他的枕边常常会落满扫帚扫来的枯叶，像是在责备他似的。"住在这种地方，你们还真是过着浮萍一样漂泊无依的生活啊。有这种闲工夫，不如去参加打磨石头的修行。真是的，要我说多少回。"——传说中扫除会的老人们，就如同传说中所述，每个清晨都会前来，他们一边勤勤恳恳地来回清扫从地面飘落到这里的枯叶，或是提着水桶清洁石壁，一边耐心地劝解着。

"倾注心血打磨石头，也是在打磨自己的内心。这座阶梯井之所以没有崩塌，全靠我们的辛勤劳动，你可要清楚这一点。"

世津的巢穴不客气地占据了石砌回廊的一个角落，这里可以算作是她的野营地，缺少的只有炊饭用的篝火。阶梯井的低层虽日照稀少，但或许是由于处在地下深处的缘故，风几乎吹不到这里，所以出乎意料的不会很冷。阶梯井的巨大圆孔作为地表的一部分，坐落在堆满石材的音乐堂附近，圆孔下方是一个狭窄幽深的垂直空洞，然后围绕着空洞，建造了石砌地下建筑。石砌的环形回廊有四层，从这里可以俯瞰最深处的小泉眼，确切来讲，这环形是接近正圆的正十边形，它由十个角构成，每个角都由石柱支撑起上一层的回廊，构造错综复杂。这座建筑被称为阶梯井，它的结构类似于将一个中空的倒置的塔埋入地下。正如老人们所言，这里几乎看不到石头的坍塌或变形，老人们的贡献暂且不提，但K在此之前根本不知道公园内还有这样的地方。无论怎么想，这样的构造都更适合降雨稀少的干燥地带，狭窄的阶梯井位于公园的正北方向，井内有大量的石柱群，给K留下了深刻的印象，也让他极不情愿地回忆起地下的温水泳池——因为那涉及与美津相关的记忆，是不能随便提及的话题。

当世津翘首以待的奖券小贩到来时，她却只能心不甘情不愿地外出去做日工，并未在家。K遵照她的耐心叮嘱，作为代理买了一连十张的奖券。

"小兄弟小兄弟，不试试自己的运气吗？你也不像是手头上没零花钱吧。"奖券小贩的腰上挂着做生意用的箱子和小太鼓，他晃动着手上的一捆纸片说道，"善人自有好报，不帮自己买一张，你们会发生不和的。哪怕只是中了小奖，你们也可以和和睦睦地去山上的温泉疗养地享受一番了。"

K的最后一笔薪水被放入钱包作为生活费交给了世津。K在上衣里翻找时，还发现了一个装有打火机的烟草盒和一些零钱，于是他买了一张奖券。严重斜视的奖券小贩敲打着小太鼓离开后，K匆忙揭开自己的奖券，发现里面有两张不同的纸片。一张是奖券，上面印了象征小奖的绿色和黄色印章，让K的脸颊突然发烫。而对于另一张印着"凶"字的占卜结果，他只是匆匆一瞥，便当作没有见过。——他本想向奖券小贩询问街市的近况，但这个念头很快就被他抛到了脑后。现在回想起来花电车已是发生在过去的事了。

在世津回来以前，K拥有了一段漫长的空闲时间。那张被K仔细折叠的小奖奖券的胶水面重新贴合，恰似未经拆封的新奖券，这些因素促使K走向了一个错误的决定。K越是仔细观察，越觉得世津的十张里也混有中奖的奖券。K想借散步来分散注意力，心中的内疚却怎么也无法散去。在楼梯井底部的庭院里，他看到晚秋的泉眼水位下降，荫翳转浓。打火机无论在哪个位置，无论他怎样拨弄，都只能空有声响，无法点火。层层回廊在任何时候看起来都荒凉无人，唯一弥漫着的也仅有空寂的气息。逆光下飘来的枯叶孤寂而无助，K平静地想道，总有一天他会怀念在这里度过的短暂住宿生活——回到床边，世津还没有回来，枕头上的那一摞奖券更为强烈地吸引了他的视线。哪怕只是一个，他也想拆开一个看看，谨慎处理，大概可以恢复原状——他这样想着，撕开了纸套，第一张上面的占卜显示的是关于心愿达成的吉语。而当他看到第二张上意味着大奖的红色印章时，他的手心被黏腻的汗水浸湿了。

把奖券如实交给世津就好了。只是大奖可以换成足够一生使用的大笔金钱，需要去街市的兑换所兑换，他大致清楚这个流程。总之，他认为自己有权将自己的小奖券与大奖券交换，或者将所有奖券都收入自己的口袋，独自离开这里。就在被这个强烈的想法所诱惑与纠缠之间，K突然惊醒，发觉自己方才在凌乱的床上失去了意识，陷入了昏睡。——天色渐暗，更为要紧的是所有奖券都消失了，甚至连它们存在过的痕迹都消失无踪。那两个撕开的纸套大概都已经被他仔细地重新贴好，可是一不留神，它们就和未开封的奖券混在了一起。这一切就像是一场梦，他越是焦虑，记忆就越是混乱。K依稀记得，错乱的最后，许多白色纸片在空中翩翩起舞，最终飘散到了看不到底的深水中。

"奖券小贩是不是来了？我在外面遇到他了。"世津悄无声息地回来，率先提起这件事，"他说我有十张，哥哥有一张，都交给你了。万一中了小奖，我想去山里的温泉疗养——顺便过个冬。"

世津一边说着，一边摸索着打开电池式手电筒，耀眼的光芒照亮了四周的石砌回廊和墙壁，影子的黑暗也随之变得更加深邃。此前K在昏暗中抱膝而坐，外面应该是下雨了，世津的红色短发湿漉漉的，或许是长年户外生活的缘故，K此刻才注意到她的皮肤十分粗糙。"今年也无法点燃篝火，是时候该考虑是否还留在这里了。虽说我也曾想过搬去离源泉更近的地下通道，但考虑到哥哥的腰，还是去养生为好——所以，奖券在哪儿？"

枕头下传来坚硬的触感，关键时刻他只找到了两张奖券。K告诉世津现在只能找到这些，并将事情的经过一五一十地告诉了她。"剩下的可能散落在这附近吧。"世津淡淡地说道，将一张还给K，然后揭开剩下的一张。K一边窥伺着她的脸色，一边拆开自己的奖券，果然，握在手上的是他熟悉的凶卦。

"世人多变心。这是指美津吧。"

"我的没中奖。"世津说道，"哥哥的是？"

"——小奖。可以去温泉疗养。"

K展开印有绿色和黄色印章的奖券给世津看。世津一把握紧K的奖券，收进了自己的工作服胸前的口袋里。"你的占卜结果如何。要不要认真读读？"

"明天我不去工作。虽然有人邀请我去远行，但我要拒绝——去温泉疗养之前，我要先去街市上购物。"世津依旧面无表情，冻僵的脸上透出一丝血色。

"我要先去街市上购物。那里有个很好的石头耳坠，我一直想要。不是小粒的，而是大颗的钻石，切割工艺精美，所以格外闪耀，我没想到我能买得起。还有很多漂亮的红宝石和绿宝石，然后我们再去其他店铺。"

世津脸上的红斑逐渐变得红润,像是被人殴打过一样。她一边喋喋不休,一边用一只手触摸胸前的口袋,频频确认奖券的触感。K不知在此刻应该说些什么,他在试着想象自己会在什么时候被抛弃,他只觉得一切会与占卜的结果完全一致,他在未来的某个时刻,将会经历杀戮。

修炼酒店

"我们可以入住吗?"

一对中年夫妇在前台询问,他们身着徒步旅行者的装束。他们只是顺带路过,所以他们的身份也无关紧要。

"我们还有空房。"前台员工应道,"您是刚下山对吧。都湿透了。"

"真想快点泡个热水澡。"中年妻子一边四处打量一边说道,"房间里有浴缸吗?"

"更推荐您去岩石浴场。"

"可那不是很远吗?这里是怎么回事,比我想象中的还要宽敞。而且总有回声传来。"

"这可是很厉害的标本,"丈夫抬头望着一旁的展示柜,"这是某种动物的头骨吧?"

"这些藏品是老板的爱好。这是很罕见的畸形生物,一种双头偶蹄目动物的标本。"

"两张面孔紧密接合为一体。可想而知,它生前是多么辛苦。"

"说起来,那边的两位女仆也是双胞胎。——啊,我认真看了看,这大厅居然是正十角形。四周的廊柱有十根,地面镶嵌的也是十芒星的宝石。实在有趣。"

伫立在灯光下的双胞胎姐妹身着黑白两色的女仆装,如今正微微扬起嘴角,露出微笑。身穿黑西装的前台员工垂着长长的刘海,鼻子下方是一撮歪斜的胡须。

"我早就听说过岩石浴场的大名。有人说它在缆车的瞭望台附近,也有人说它在地下深处。这就是我听到的大致内容。"

"亲爱的,快在账簿上登记。"

"若是说有什么共通之处的话,那就是风景优美。"丈夫总结道,"那可是非同寻常的景致。"

"大家都赞不绝口。"前台员工应道。

"你的声音有点像正在经历变声期的男孩子。怎么说呢,我听到的却是有关大蛇的传闻。"中年妻子突然说道,"那是一条生有红色鸡冠的大蛇。它头上原本是头冠,却变异成了一块肉瘤。它丑陋、不堪入目、突兀,居住在山洞里的本人也非常在意这一点,虽说也不能称蛇为'本人'。"

"长了鸡冠?你总是说这种蠢话。"

"嘻嘻,不仅如此,它还生有耳朵和鳍,还有退化的前肢。"

"如果说某种器官退化了，那你可能也一样——喂喂，那边好像有人睡着了，出了什么事吗？"

"我会带您去房间，请不必在意。"前台员工收回台账，打了个清脆的响指，"雷电一过，缆车就会恢复运行。您泡个热水澡，休息到明天清晨，就可以顺利下山了。"

"唉，光是听人讲话我都觉得头晕眼花。一定是正十角形的错。"

"我来为您带路。夫人。"

双胞胎女仆绕过镶嵌在地面的十芒星走了过来，搀扶着二人。正十角形的大厅设有通向十个方向的门，因此借宿于此的夫妇已经分不清楚自己究竟从哪扇门进来的。而且双胞胎女仆似乎故意带他们多转了几圈，密集的吊灯在视野中形成旋涡。

"在山顶的指南图里，这里原本应该是一个叫头骨实验室的地方。"被搀扶着前往目的地时，丈夫气喘吁吁地说道，"那份指南图已经有些陈旧了。实际上，应该标记为修炼场才对。"黑衣的前台员工一边整理胡须，一边答道，然而也不过是些自言自语，没有传到任何人的耳朵里。——"夫人这边请。如果您要使用房间内的浴缸，请一定不要在水里睡着。""是的，正是这样。我们也遇到过一些客人被煮得熟透了，只剩下骨头。""虽说我正在修炼，但如果变成那副样子的话，打扫起来会很麻烦。""我们平时都是被放在箱子里。附有头饰的女仆装就只有这一套，我不想把它弄脏。"——双子自顾自地说完后就离开了，舞台布景迅速转换，服务台附近已是一副空壳。取而代之的是一条狗，它似乎正静静地注视着由十根廊柱支撑的上层看台。看台上的席位就像是市营电车上设置的座席，不知道那些黑色影子究竟是什么人，他们在铺了平绒的上层看台里睡着了。时不时会有青白色的闪电悄悄闪现，大蛇那扭曲的黑色剪影也模糊地显现了。不仅如此，最上方还弥漫着隆隆作响、熊熊燃烧的气息，使得整座大堂如沉入水底般不停地晃动。

"气压的问题。"狗的语气十分平静，"控制最为重要。气压很好，就目前来看。"

尽管如此，却有预报称一股强烈的低气压正在逼近，清晨的稀薄日光荡然无存，山间突然翻云覆雨。正如某些人所说，甚至还触发了雷电警报，山顶上空弥漫着不安定的气息。"果然，缆车好像停止运行了。""下山的游客只得步行到缆车的终点站。外面肯定会很拥挤，也会有人没法回家了吧。"——几近被烧毁的蘑菇工场的工作人员也被叫来参加欢迎会，实验室里人头攒动，大家趁着休馆日的机会走入收费的展示空间，交谈的声音在四处回荡。

"负责购物的小组还没有回来。"

"是那个臭烘烘又惹人厌的家伙，还有那个商店的女孩对吧。不过生牡蛎竟然会中招，真可怕。"

"我们也带来了犒劳品，食物已经足够了。说起中招，如果能在余兴节目的抽奖环节中奖，不是很棒吗？"

"我猜，接下来还会让我们去岩石浴场，那是个奇怪的地方，可能会看到奇怪的东西。"一个年长的人说道，"但我喜欢那里。如果下雨了，又会呈现出怎样的景致呢？"

"泽田在那里。今天狗也跟在其身边。"

玻璃柜中摆放着头骨，柜子的角落里闪烁着白光，反射出泽田那穿着雨衣的身影。Q则位于空荡荡的商店附近，摇摇晃晃地跟在泽田的后面。十和田还没有回来，Q已经把他丢到脑后。他感到左臂滚烫，发痒肿痛，他不认为这是骨折痊愈的症状。

"可以帮我取下石膏吗？"

"已经无法忍受了吗？"

在被叫住之后，泽田露出明显的不耐烦。泽田穿着硬邦邦的雨衣，完全看不见雨衣下的衣着打扮，也没有人将目光停留在那闪闪发光的黑皮靴上。

"肿得很厉害。戒指卡进肉里了，好痛。"

"你事先取下来就好了。"

"一会儿到诊疗室来。"说完这句话,泽田就将头深深地埋入兜帽,从玄关跑进了大雨中。那只存在感很弱的狗也跟着一起奔跑,自己从未与狗视线交汇过,Q心想。——视线的交汇发生在修炼结束时,那时泽田和狗都躺在枯井边,同时与Q对视。

"泽田是因为缆车的事才被叫过去的吧。因为有电话打过来。"

"不是吧,难道不是为了解决工场的电源问题吗?"

在早早就亮起灯光的大堂里,一群女职员自由地交谈着,脸颊上已经泛起宛若出浴后的红晕。

"厨房里堆满了成箱的蘑菇,像小山一样。看来在大火中幸免的楼栋里,还有幸存的蘑菇。"

"我肚子饿了。一定要等富喜江他们回来吗?"可是那个孩子多少有些……大约是她室友的人脸色微妙,"听说抽奖的奖品很棒。"

"据说是和泽田一起去街市看花电车的机会之类的。但大概是所有人都能一起去,所以就算是有和泽田两个人一起往返于深山山顶车站的机会也好啊。"

"只是因为你想和泽田一起才这么说吧?我还是想要金戒指。"

聊天的女职员们突然安静下来,似乎是因为认出了Q的面孔。然而当警备员北田凶神恶煞地走近Q时,女职员们反而庇护了他，若无其事地将他引向了另一个方向。——"他说他还没有去过岩石浴场。""是嘛，拆下石膏就可以去了。那里需要穿白色浴袍，我们可以一起去。""夜晚的缆车吊舱会被蓝色的灯光照亮，景色美极了。不过今天又会是怎样的一幅光景呢。"

喜好甜食的女职员们口中带着甜腻的气息，不停地触碰Q绑上石膏的左手，在这种压迫感中，Q好像什么都想不起来，那种感觉就像气压降低、遭到电击，或是被某种巨大事物逼近所导致的压迫感。新娘在打过一次电话后也杳无音信，他不禁想，最令人感到恐怖的或许正是这位有着少女气质的结婚对象，挂断电话的奇怪方式也让Q认为对方一直在等他的表态，想到这里，Q的心情愈加沉重。

"在欢迎会正式开始之前，应该会先公布来自老板的电报内容吧。"

在这个不安定的氛围中，率先与Q交谈的依旧是北田。尽管今天是休息日，但他仍穿着制服，手里拿着纸碟，随意品尝着似乎是从厨房端来的菜肴。"从山顶邮局寄来的紧急邮件，居然被那位接骨师擅自取走了。我要事先讲明，那是一个古怪的冒牌医生。你什么都不知道的话，那我也只能深表哀悼了，那个人可不能保证你的骨折痊愈，明白吗？"

他一边目送着女职员们逃离他的身边，一边在 Q 的耳畔低语，但他一直重复着同样的内容，Q 只得敷衍地对他置之不理。

"我会在下次看病的时候向他告发的。"

"你总是这样说。好吧，等所长回来你再看看状况如何。"

"你是说老板吗？"

"也有人称那个人为社长。是同一个人。但她是个女人。"

"事到如今，你说什么也没有用了。"Q 含糊地说，

"如果你借着外出为由为所欲为，那就另当别论了。没想到你居然也是他的同伴。"

北田说完他想说的话后就离开了。Q 听到有人说缆车恢复运行了，馆内广播的音乐和嘈杂的人声混在一起，将 Q 引向了食堂。在开始毫无意义的山顶生活后，Q 已经记不清自己在这里待了多久。他每天来到这个地方三次，从这里望向山中，视野一向辽阔。而现在，他只是呆滞地注视着雨点和漆黑的山脊线上剧烈闪烁的闪电，头上还戴着一顶滑稽的纸帽子。

调子古怪的小太鼓发出声响，混杂在音乐声中。街道上的奖券小贩晃动着背上的旗帜，在人群中缓缓前进。"街上刚有人中了大奖。新富豪正在疯狂购物呢，拿起什

么就买什么。小奖和中等奖还有许多，大家不妨来试试手气。"

"余兴节目的抽奖环节，说的就是这个奖券吗？怎么和我听说的不大一样。"

"余兴节目还在后面，我听说。"不知从何处传来女人们的声音，"深山山顶站好像又有落雷。""这些生牡蛎，究竟是从哪里送来的？如果那辆轻型货车回来了，希望它可以把我送回去。"

一个不起眼的研究员拿起话筒担任司仪，欢迎会在吵闹声中开始，但十和田和富喜江依旧不见踪影。

"我一直想找你谈谈。"在繁忙的主持工作间隙，负责司仪工作的研究员小声向Q说道，"泽田氏总是阻挠我——我也出席了你的结婚典礼，我坐在后排，你一定没有注意到——咳咳，今天，我们在这里欢聚一堂，欢迎Q君的到来，遗憾的是今天交通不太便利——"

"石膏一拆，我就要出门。"Q突然想起什么，说道，"早就应该出发了。能见识那么多新鲜事物，真是太棒了。"

"不行不行，拜托你说话小声点。话筒会收到声音。"对方压低了声音，"我知道，那些女职员很烦人。我们都很羡慕你呢。我也不知道发生了什么误会，大家都在争论谁会获得那个金戒指。"

"我的手指肿得厉害，一阵阵地疼。还不是从手指上取下它的时候。"

"就算切下你的手指也要得到那个东西,不是也有人这样豪言壮语吗?女人很恐怖的。哪怕被邀请去岩石浴场,你也千万别去。"不单是存在感,就连刘海也很稀薄的研究员说道,"——哎呀,今天的料理出了点问题,所以临时变成了这样。"

最后,通过话筒传来的声音音质非常糟糕,激起刺耳的共鸣。面向自己的众多陌生面孔和嘈杂的声音令Q感到眩晕,黑暗的记忆与火焰消失后来自观众席的指点与嘲笑混为一体,在Q的眼前交织重叠。——那是一场在大型异国风情的舞台上表演起死回生情节的特别公演,那时,他身着肉色贴身衬衣,看上去像是赤身裸体,头戴圆锥帽,经验丰富的女座员刚好从井里现出上半身。照明效果和干冰形成的大雾使得舞台化为色彩斑斓的云海,蠕动的蛇被钢丝吊起来,下半身时隐时现。"啊啊,守护我胸前火焰的人,就是你吗?"——在舞台一端扮演活烛台,一直高举着皿中火焰的Q,在此时第一次站到了舞台中央——没有人想到那时的二氧化碳会导致缺氧,甚至还有人指责他需要对后来的"不燃之秋"也负有责任,最后他还被迫订下了婚约。不知从哪里传来了电话的铃声,在雨声比音乐声更嘈杂的会场上,有一只小型犬在游荡,它大概是因为患有疥癣而毛发稀疏,需要强效药物治疗,它弓身蜷缩,漏出大量尿液。

"Q君，你啊。"刘海乱成一团的司仪懒洋洋地垂下话筒，"昨晚很晚的时候，你在联络通道附近散步，对吧。你在那种地方做什么？"

想逃走的话就趁现在，Q突然想到，现在缆车正在运行，可以直接下山。如果遇到泽田对自己不利，那么自己完全可以步行前往深山山顶的索道车站——就在他这样想的时候，石膏的压迫感化作无法忍受的痛苦。狗没有回来，那么主人也一定没有回来，Q的思绪在此时变得越来越混乱。"来试试手气。花一点小钱就有可能大赚一笔。"——Q发现在站着吃饭的人群中，严重斜视的奖券小贩正在自己面前吆喝，"今天的生牡蛎和雷是好彩头，罕见的好运成双。你的口袋里要是还有零钱，那就拿来买几张奖券试试手气吧。"

奖券小贩用腰间的小太鼓敲出小调，Q在此引诱下右手伸进口袋，取出早已被他遗忘的皱皱巴巴的信封，那是那个装有钱的信封。

"这信封可真薄，里面的钱看起来连十张奖券都买不起。要是中奖了，对小兄弟来说不是正好？"

"可这是我要给别人的生活费。"

"像你这样靠女人赏饭的身份，还在乎这些吗？"对方态度一转，变得异常亲昵，"我刚刚在山上的公共温泉浴场附近溜达，看到从水底的洞口浮上来了几张还没开封的奖券。不知道它们是从哪里漂流过来的，我连忙把它们拾起来准备卖掉。这一定是缘分啊，小兄弟。"

塞过来的九张奖券有着被水泡胀的痕迹，散发着可能引起争端的气息，Q将它们收入口袋里。"你想离开这里，不是吗？我们可以一起逃走。我都听说了。"

Q的耳侧传来一阵让他浑身酥麻的呢喃："你啊，是不是登上过幻魔团的舞台？我没有取笑你哦，在那个时候。"——感受着小贩的体温和轻微的甜腻口气，Q环顾会场，另外两位主人公依旧没有现身，但是穿着毛衣的泽田回来了，他正坐下来点着烟草，抬头望着像是在为某件事极力辩驳的北田。隐约可以看到巨型鱼头像冰激凌般慢慢融化，塌了下来。余兴节目的抽签活动已经开始，女儿节人偶的陈列台附近人潮涌动，形成高高的人墙。

"我来帮你敲碎石膏，这很容易。"

"可是外面在下暴雨。"

当二人在内侧的墙壁旁悄声交谈时，Q的右手刚好摸到了类似内线电话的设备。它像一个活物一样猛烈地震动，铃声响起之前，Q就把它抓起来，贴在耳边。听筒里传来女人的声音。"——所以，请您叫我丈夫过来。这是紧急联络——哎呀，是你吗，就是你在接电话吗？"

"总之我们先躲进空房间里。然后再寻找合适的机会。"一个胖乎乎而又矮小的女职员强行从另一侧挤了过来，似乎是刚才露出微妙表情的姑娘。"我特地让你看看。这是人人都想要的一等奖券，你看，它就在这里。有趣吧，我已经事先把它抽走了。因为一直都是人家一个人在吃亏。"

"——我有急事要告诉你，我准备明天就去你那边，在这之前……"听筒另一头的声音滔滔不绝，"山顶邮局的信刚刚送过来。收信人姓名出现了点差错，配送人好像也搞不清楚状况，真是太过分了。我一个人读完了。你那封皱皱巴巴的、楚楚可怜的信。"

"我说，岩石浴场，我们可以现在就一起去吗？现在刚好是余兴节目的时间，那里一个人也没有，正是好时机。"——Q的左手腕被人紧紧抓住，脉搏的跳动伴随着强烈地刺痛感，他猛地抽回手。此时泽田正在讲话，并用拇指按下打火机点火。

整个馆内突然停电，周围一片漆黑。与此同时，窗外昏暗的山脊处闪现出新的一阵粗犷的落雷。冲击力伴随着爆裂声传到这里，一瞬间，山峰的褶皱在亮光下浮现出清晰的剪影。在看不见的另一个地方，被蓝色灯光照亮的缆车吊舱正一个接着一个地冲破风雨，向着山顶攀升。下行一侧，每一个浑圆地吊舱里都坐满了超载的下山客人，上行的蓝色吊舱与他们擦肩而过，这一列自然是无人状态，只有其中的几台能模糊地窥见零星的人影。

　　混乱的欢迎会会场上，掉落在地板上的纸帽子被无数的鞋子踩踏，两只狗嗅了嗅它们的气味后便走开了，它们逐渐变得破烂不堪，失去了原本的形状。

台　阶

　　阴沉的天空下，缆车入口处弥漫着湿气和浓烈的臭氧味，湿漉漉的落叶铺满地面，这里设有一块醒目的山顶指南图。K站在弥漫着厚重晨雾的台阶上，攀登途中，他看了看指南图示，发现大部分设施都集中在山顶车站附近，蜿蜒起伏的高速道路旁是著名的瞭望台，而深山山顶站则坐落在遥远的另一角。从街市来这里似乎很近，但又出乎意料地遥远，似乎需要有种跨越艰难险阻才能抵达的感觉，这让K回想起自己迄今为止与游山无缘的人生。"从这里可以隐约看见山中湖和那座古老的水坝。"——他向同伴说道，"人家什么都没有看到。周围尽是雾气，吊舱摇摇晃晃的，好瘆人。""这里好像还有许多光秃秃的岩石山。过去出产辰砂的地方，应该就在这附近。"K补充道，"辰砂也就是水银。"

　　"水银是什么？我完全不明白你在说什么。"

　　面对同伴的不满情绪，K放弃了交谈，轻轻晃动背上的同伴，稍稍抬高了她的位置，继续艰难地攀登。

这里原本被设计为索道车站，陡峭的台阶的仰角几乎逼近四十五度，月台淹没在雾霭里，由支索、平衡索和拖曳缆索吊着的小型吊舱摇摇晃晃地减速，赶上了他们。也有一列正朝着反方向下行的吊舱，但车站的楼顶还遥遥悬在陡坡的尽头。车站里似乎没有客人和乘务员，K在慌乱中退到了楼梯的最低处说，"我绝对不要走路，太可怕了。"——那时紧贴着防止跌落的铁栅栏，与K寸步不离的同伴固执地说。她像个独当一面的通风管道工人，下半身套着工作服，但她的双脚上，却不是世津的那双考究的铆钉靴，而是学童的廉价帆布鞋，她费尽全力才能站稳脚跟，像是发育不全，瘦弱得让人想起小动物。K无奈地背上她，要在自己的腰伤还未痊愈的情况下，行走在近乎不可能存在的陡峭斜坡上，他不禁开始担心两人双双坠落的可能性。

"这里好冷——姐姐们说山间正是欣赏红叶的时节，可是红叶早就凋落得七七八八了，像是已经到了冬天。"

"因为天气一直很恶劣。你觉得冷吗？"

"你为我买的夹克夹了棉，很暖和。大家都在等我们吗？"

"留言上是这样写的。"

"我还发烧了，真是抱歉。四处游玩太过开心愉快，我想我是玩得有些得意忘形了。"同伴在背上轻声说道。

在街上游玩时，被世津召集过来的通风管道工人日益增多，几天后人数已经壮大到难以精确计算的地步。世津租下了温泉酒店的一个别馆，白天她四处闲逛，沉醉在购物的乐趣中，甚至还有商人主动过来推销他们耀眼的商品，因此世津的鼻环和唇钉数量逐渐增加。"一切都多亏了哥哥。"——被一大群人围在中心的世津大方地说道。从那天起，两个人再没有独处过。某一天，K很晚才醒来，发现各个房间都已是凌乱的空屋。只留下一个像个孩子一样的小姑娘，发烧后正在熟睡，她的身边放着一封信。

"这里一定是个换乘车站，所以月台才这么长。"背后的小姑娘突然说道，"你确定我们在正确的车站下车了吗？从这里出发没法到姐姐那里。"

"前方的路线好像已经停运了，一直到深山山顶站。"

"我们可以在那里问问其他人。"

无人的吊舱调转方向，小车站内依旧不见客人和工作人员的身影，K望向机械室，也只看到一个空篮子掉落在地板上，室内空无一人。同伴终于从背上下来，弯腰拾起地面上的纸条。

"你、讨厌、笨蛋，这是什么？"

地面上还有许多张，于是K也探头去看。"有朝一日、吞噬你""讨厌鸡、讨厌"——这些潦草而又奋力书写的字迹仿佛蚯蚓在蠕动，两个人却无法将它们与退化的某种生物联系在一起。

"在测试运行期间，禁止擅自搭乘。"警备员终于出现，警告了他们。事实上，K和他的同伴也的确是在无人的山麓站购买了自动售票机上的车票，然后擅自搭上了这辆缆车。

"你们没有听说过前些日子发生的事故吗？受到落雷的影响，这里也停电了。很多人被困在半空，引起了不小的骚动。那个家伙本应需要为那时强行再次启动缆车的行为负责，却让他给逃过去了。"北田像是在抱怨，一个劲儿地说个不停，"山顶观光酒店、瞭望温泉酒店、酒店山顶温泉，这附近有许多家名字类似的酒店。总之，你们得耐心找找。"

K走过位于斜坡上的私设邮局，回头寻找是否有人通过这里。他望向远处，缆车入口处的灰色建筑矗立在流动的浓雾中，仿佛正在无声地接受雾气的洗礼。一只小狗正朝这边看着，浓雾中弥漫着明亮的光粒，停运轨道上的铁塔化作被微微打湿的皮影戏，浮现在眼前。

"这座山里真的有温泉酒店吗？我还没有听说过有关富豪一行人的事情。"

路过几家酒店后，大病初愈的同伴已经感到疲倦，于是他们来到了一家冷冷清清的酒店，走进了大堂里的饮茶室。"因为一些情况,厨房目前只能提供冷饮。"——窗边的位置是这个房间里唯一明亮的地方,在这里,大白天就已摆好了气泡酒。

"哥哥中了小奖呢。"坐在对面的人引向了新的话题。

"世津是怎么和你说的?"

"她说不要和哥哥你谈起这件事。"

"——我们一起去街上的兑换所时,世津让我一个人去兑换。她在玄关等我。"K回忆道,"回来时她还坐在椅子上等着我,我把现金袋子递给了她。交换手续意外地费事,让她等了很久。然后我们就开始了挥霍。"

"你们一定是人们所说的中了大奖的富豪了。"

"我没有听说。现金也全都给了世津。"

"那余下来的九张呢?"小姑娘油亮的头发黏在额头上,半杯酒后眼角已染上红晕,"大家一直在议论这件事。你说你弄丢了,但这一定是在说谎。"

"信和现金放在一起。"K说道,"支付完住宿费用后,剩下的现金大概是小奖的一半。我不知道你是什么意思。"

"姐姐说,她虽然期盼着看花电车,但在山上也可以看到那幅景象,所以倒也并不在意——但是,她真的很想去岩石浴场,她说在那里可以看到不同的世界。"

窗外的露台被微弱的阳光照亮,一群面孔几乎一模一样的活泼少女正挟着网球拍奔跑。她们的年龄似乎略有不同，看起来像是姐妹。相似的服装，一模一样的面孔，让K不禁认为这是自己看错了或者产生了幻觉。——"啊，姐姐在那里。"同行的小姑娘突然碰倒杯子，起身飞奔而出，K自然也跟在她身后。在过去，世津也曾称呼女列车司机美津为姐姐。一切就像是遥远的过去，他突然回忆起来。

"哦哦。"十和田的门牙缺了一块，鼻梁上生出红紫色新伤，他惊讶地抬高声音，停下手上的扫地工作，"是Q啊，你来这里做什么？"——位于固定窗内侧床边的是Q，他僵硬地站着，左臂挂着一条从颈部垂下来的破布，右手不知为何拿着一个小太鼓似的东西。一起进行清扫工作的老人拍了拍壮硕男人的屁股，提醒他不要分心。"你是囚禁之身，手上的杂事怎么能停。彻底的清扫才可以修正世界。请清楚自己的职责，多专注于手头的事情。"

Q藏身在无人的酒店房间内，而十和田则被拽住头发，回到了清扫工作中。龙舌兰大花盆摆满了阳台，串联起各个回廊式分布的房间。拐角处弯曲的幅度并不大，每一角都设有支撑着上层露台的石柱。拐角数量众多，高度及腰的扶手是石制的，上面雕刻着花纹。从这里望向上下两方，由十角柱构成的通风空间整体朝着深杳的中庭延伸，并且逐渐变得狭窄，景象颇有戏剧性。这是住宿设施的中庭，除了设有常规的紧急通道以外，其余的构造都与街市上的阶梯井相同，只是十和田对此一无所知。这个狭窄的中庭也有圆形的水井，只不过这里的井水是温泉，水面上弥漫着白色蒸汽。

"是骨头吗？"

"又是骨头。个头很大呢，这是鸡骨头，还是什么其他动物的？"

扫除的老人们不仅事情多，闲话也不少。

"这不就像是洪水过后干透的污泥吗？和街市上的阶梯井不同，这里的优点是没有飘落的树叶。"

"就算是这样，也不能把骨骼弄散。我们带来的垃圾箱已经装满了，该怎么办呢。"

"头骨实验室的清扫工作也在我们的计划之中吗？"十和田插了一句。

"那里在清扫范围之外。太容易迷路了。"尤为苍老的一人答道，他与旁人一样，瘦削枯槁的身躯上叠穿着大量衣物，难以判断实际年龄。"那里似乎是将买来的酒店改装成了实验室，在山顶指南图上有时也会和酒店的位置重合。可能是由于标记上的错误，清扫那里的话容易找不到回来的路，这对协会来说很不利。"

"通过奇妙的地下隧道也可以进入这里。"十和田再次插嘴，"你没发现从外部看到的楼层数和在这里看到的不一样吗？"

"越过实验室，就是邮局和山顶车站，然后我们再绕路去深山山顶。"

老人们专心地望着地图，忙着思索行进方案。

"那个地方不是垃圾处理场吗？我听说是这样。"

"不去参观怎么行。从这地图上看的话，只是没有合适的交通手段。"

"有一个雷雨交加的夜晚，为了这个木头人，我还把行李运到了山麓站。"扛着巨大帆布垃圾袋的老人像是回忆起了什么，"那时的雷可真够吓人的。"

富喜江在批发街引发人身事故后弃车逃逸，一番骚乱过后，盗窃嫌疑落在了十和田的头上，而将十和田连人带车一并赎下来的正是扫除会。他们不满足于只在清晨进行活动，还力图扩张势力，"组织正以旅行扫除会的形式进行重组，如果你能负责体力活，也可以顺便把这个由恐怖而不洁的生物堆成的小山送到山麓站。"

低气压疾速迫近的夜里，气候剧变，吊舱发出幽蓝的光芒，运输着一斗罐小山和巨大鱼头，这一幕给十和田留下难以磨灭的印象。收到联络的泽田应该在终点的山顶站等候，但当他抬头仰望山顶，只见黑色的山脉咆哮不止，被暴雨淋湿的十和田被拴上了结实的狗项圈。数日的奴役以后，从街市到山间的清扫之旅进展顺利，但他尚未在实验室落脚，所以还没有得知Q失踪一事。

"听说那家伙已经取下了石膏，但为什么脖子上还要绑着布？而且他又为何会出现在这里？"

十和田被人用竹扫帚戳了几下，项圈上的锁也被人扯住。在他思绪万千时，Q在客房的楼栋里彻底迷失了方向。"狗的项圈，还上了锁。而且伤痕累累的，那位前辈还真是无论做什么事都很夸张呢。虽说如此，那个房间又不是剧团的休息室，这究竟是怎么一回事？"

在其中一个空房间里偶然发现了小太鼓和旗帜，而床上则散落着脱下来的衣物和各种假发，这让Q感到费解。他虽然迅速地逃到了走廊上，但透过窗户看到几日未见的十和田，而且自己也同时被对方发现，这让Q心中开始动摇。——"扫除会的人在这儿，因为这里有出入口，而且他们也知道联络通道的出入口在哪里。可是，他们竟说不知道她被安置在哪一号房间。2048，不对，是4028吗？"

那一天清晨，食物库存已经耗尽，Q的思维比平常更为混乱。把撕裂的床单挂在脖子上，随意地包裹住左手腕，拆下石膏时，被牡蛎剥壳用的小刀割伤的地方肿胀着，疼痛难忍。

"我再也无法忍受只有我一个人受伤了。既然事情已经到了这个地步，你就必须负起责任。"

那时，自称丽津的小个子女职员用小刀威胁并诱惑Q，她执拗的在身上划出伤痕，眼睛深处蕴蓄着疯狂。她的情绪似乎一直波动不定，甚至还把装满一斗罐的生牡蛎和蘑菇料理吃个精光，不宽敞的酒店房间里很快就被纸碟和食物碎屑堆满。——"在这里工作的员工数量如此之多。我从来也没有见过这么高的建筑物。"这是Q起初的疑问。他逃避之行的同伴不快地皱起了鼻子，"这里是修炼场，大部分都在地下。你夜里到处游荡的事已经引起了人们的议论。所以说，你对这边的情况应该已经有了一些了解。"——两个人从停电的厨房尽可能多地带出食物，Q像孩子一样挑食，只吃应急储备食品，而丽津则不顾被划伤的手掌，仍旧一直在撬开坚硬的牡蛎壳，吮吸汁水丰富的牡蛎。当腌渍和煎烤的料理都被吃光后，她甚至切下生蘑菇的伞部并撕碎。幸好这里有浴室可以放热水，去不去岩石浴场变得不那么重要，这给人带来了一丝安慰。

"你究竟是一个什么样的人，我不太明白——你似乎并不是真心热爱演戏，却留在那种地方。我感觉你什么想法也没有，只是随波逐流。"

在一个丽津情绪异常安定的深夜，她断断续续地说出了这番话。在只有侧灯微微发亮的昏暗房间里，Q感觉她躺在旁边的身影如伏卧的斯芬克斯一样巨大。牡蛎壳的汁水在这里也零星存在，周围一片狼藉。

"我有些疑惑，你真的结婚了吗？"

"我在契约书上签字了。"Q疲惫得已经昏昏欲睡，"摘掉戒指好像违反了契约。"

"你啊，居然可以淡定地说出'不记得对方的脸'这种话。"

"她和她的妹妹们长得很像，我根本分辨不出来。说起来，一开始她只是一个购入了大量公演票的客人。之后，她打来电话——说过一阵子会带大家来这里。"

"她会不会因为白费力气到这里而感到失望呢？嘿嘿，她一定会很生气。"丽津勾起嘴角，"我听说，你还有别的年纪比你大的伴侣，只是我忘记那是在什么时候从谁那里听来的了。"

"我有一个姐姐，她是有轨电车的司机。"Q说道，"外环线电车会经过两座古老的石桥，因为需要跨越沙洲。从车上可以望见河口的方向，但无法看到大海，因为海被一座人工建造的淡水湖隔开了。湖对面是一座山，而海在山的对面。不过，我一直没给她打过电话，她可能会担心。"

他正滔滔不绝，而丽津则用刀尖摩擦着Q变色的无名指，打断他道："——即使这样，你也不能丢下我不管。如果你一个人逃走，我反倒想看看会发生什么。"

窗户上没有挂窗帘，外面的夜色如幽幽的虚空，固定窗的双层玻璃外面是龙舌兰锯齿状的浓荫，周围还矗立着大量的石柱、破旧的露台和月光的倒影。每当有声音传来,半睡半醒的丽津也会呢喃回应,藏在眼睑下的眼白已经悄然泛黄。似乎有什么沉重的生物一整晚都在外面爬行,爬行的声音也传到半梦半醒的 Q 的耳畔。

"天亮后,它就不见了踪影,但我觉得现在也听得见它的声音。它也从这扇窗户的下面通过了。"

Q 醒来后认真地说道,带着不时搔着皮肤的丽津移动到其他楼层。馆内所有的房间都面向中庭,他们无论移动到哪一层,都依旧能听到夜半时的那股声响。所有的房间都没有上锁,也看不见人影,服务台似乎在别馆,这便是酒店的不可思议之处。

——就这样丢下一切,一个人逃跑吧。

Q 的脑海再次被这样的念头占据,然而丽津的身体状况恶化已经很明显了。她的面部和手心都染上不祥的黄色,反复吐出胃液,并不时地倾诉自己的疲惫,"如果我不能回去,那会成为我一生的遗憾。"——Q 最后一眼看到的是她坚定的神色,也就是说 Q 后来去找寻泽田的途中遇到了十和田,但 Q 那时已经迷路,无法再回到先前的房间。有一个房间的小桌上留有写字的痕迹,散乱的便笺上是无法辨认的、如蚯蚓蠕动般的潦草笔迹。这里没有被封死的露台窗,将窗户敞开后,室内顿时充满了晚秋山间的凉爽气息。他不经意间走入露台,微弱的阳光洒在岩石地面上。他的目光扫过那只摆了几大盆龙舌兰的正十角形楼层——这里原本就是那个制造杂音的地方，更何况扫除的老人们也绝非善类——接着，Q小心翼翼地向前走，映入眼帘的是中心空洞的中庭。在室内无法一览全貌，而现在在四面通风的扶手旁，可以自由地望尽石柱回廊的上下七八层，甚至更多。微弱的阳光掺杂着风，眼前的景象向底部逐渐收缩，形成一幅动态的中庭俯瞰图。

Q发现就在几层楼下，十和田探出了头，但此刻并不是交谈的时候。在视野的最深处，有一条滑腻的大蛇正向着温泉井蠕动。由于距离遥远，且正好处于背光的位置，很难辨认清楚，但Q却惊恐地看到了大蛇后半部分的身体——它没有光泽，长满了令人讨厌的锯齿状鳞片，胴体看起来很丰满，似乎暗示着它的营养状态良好。随着尾巴在水中消失，气泡也破裂了，只剩下荡漾的波纹和温水表面的白雾。

"我曾经说过，这里的瞭望台不仅可以观赏雷电，也能尽览云海。"

"柱子有十根。如果你觉得它看起来很熟悉，那是因为它和公园里的阶梯井长得一模一样。"

"哎，我觉得有点头晕。"

"夫人，请让我带您去房间。"

双胞胎女仆今天依旧从两侧搀扶着迷路的客人，她们离去后，在未来得及快速翻转的舞台布景中，一扇门照例敞开着，女社长一行人浩浩荡荡地前来视察。"热水的供应情况很糟糕。源泉本身应该没有问题，那么问题就出在配管上了。"

"街市上的通风管道工人们已经开始大规模迁移了。我们应当如何处理这件事？"

前台人员合上旅馆的登记簿，今天并没有留胡须，只戴着黑框眼镜。"什么也不用做。这里自古以来就是配管工的领地。轻薄的钢板通风管什么的，就交给装空调的人吧。他们蠢兮兮的。"

"比起这些，活饵是不是逃跑了一只？"女社长穿着花纹繁复的衣服，看起来像是在研修旅行地购买的，她还戴着有帽檐的帽子，一切装扮都显得有些不合时宜。社长继续说道："应该还没有逃到外面。厨房里的看守呢？"

"警备似乎怠慢了。"

"我接下来还有别的安排。稍后的实验室改装我也需要现场参与，你也要一同前往。"她匆匆地挽起左手腕上的荷叶边，"又不准了。每次来到这里，自动机械表都会出现异常，不知道是磁场的问题还是气压的问题。"

女社长一行人如疾风骤雨般离去，留在前台的仅有男性秘书团中的一个人，他似乎还有公务要处理，所以留了下来。他神态轻松，手肘靠在柜台的桌上。脚底下是一片密如马赛克般的石子地板，上面有着大大的十芒星图案，闪闪发光。十芒星也象征着这一楼层的十扇门，它们每天都悄无声息地自转，只是很难被人发现。

"我喜欢在研修地看到的那座兼设斗牛场的温泉设施，社长您呢？"英姿飒爽的秘书用闲聊的语气缓缓开口，"在斗牛场，朝阳和背阴的席位票价不同。而有时被晒到有时不被晒到的席位被称为 Sol y Sombra。"

"哪里价格更高？"前台人员问道。大概今天是因为没有时间换衣服，前台人员把白大褂搭在了椅背上，戴着眼镜，显得像个学生。这个人正是泽田。

"说来，"秘书淡淡地笑了，"我看了你的还款计划的二次计算资料。就算在其他地方做契约劳工，后续的课税也很重呢，因为奖学金而变得贫穷，可真是辛苦啊。"

"我还要代替社长还债，被进一步压榨。因此我想尽可能做一些短期的计划，今后我会在山麓的医院里兼任日勤和夜勤。"

"其实我周围有很多处境和你相似的人。"她转过头，看向低声呢喃的泽田，"我们要先约定好，绝对不能跟狗说话。无论如何都不能做这种事。唉，一到这里就头疼耳鸣，时间久了还会流鼻血。"

头顶的轰鸣声似乎有所减弱,室温也明显上升了。"最好还是不要不戴眼镜就直接往上看。""我当然不会看。""我听人说,最近气压情况不太好。""我感到头晕目眩。今天还是早点撤退吧。"

他们穿过通道后,慢慢放缓了脚步,到达分岔路口时,他们发现实验室今天也像往常一样开门营业。在大堂里,传说中的配管工人们正与警备员北田发生争执。这时,馆内的广播恰好在叫泽田,于是泽田径直走向事务所,只有狗有些犹豫,回到了之前的位置。它恰好出现在 K 的视野里,然后渐渐消失,只留下一道拖着长尾的背影。

"富喜江那个家伙,居然闹出事故来了,喂喂,能听到吗?"

给事务所打电话的人自然是十和田,只是那一天杂音尤为刺耳,导致泽田只能听到断断续续的声音片段。刚好在那以后,两人的命运都发生了巨变,不过关于这些,在此先暂且不提。那时十和田断断续续的发言大概是以下内容。——"轻型货车被扣下——可是,喂喂。没有脚。""我现在在深山山顶。结束后就回实验室。""只是这里啊,实在是壮观——"

接着,电话线路似乎恢复了一些。"——话说,我看到大蛇了啊,大蛇。又大又壮,它钻进了井里,很是厉害。对了,Q 现在在做什么呢,他还一直住在那间酒店里吗?"

"你说的事故是怎么一回事?轻型货车出了什么事吗?"

泽田一边咀嚼着含片,一边含混不清地问道。这段日子里,泽田一直在为声音变得嘶哑而苦恼,也明显回避了那些令人不快的话题。

"——那家伙撞到了人。"尽管电话中的杂音不断,但依旧可以听清十和田语气中充满了愤怒。"对方只是受了轻伤,但这已经是万幸了。所以,那个手脚不老实的家伙现在回到你那边了吗?"

"嗯?谁撞了谁?"

富喜江撞了奖券小贩,当远方的回应传来后,冲击也终于抵达这里。

半蹲着的泽田回过头去,不知为何,酒店一侧的出入口出现在眼前。说来也是桩怪事,宽阔的出入口很快就冒起了白烟,从出入口深处缓缓地涌出大量高温高黏度的污泥。这一令人难以置信的景象就在眼前,只能认为是某种东西终于到来的预兆。顷刻间,眼前烟雾弥漫,充满了硫黄的臭味,火苗摇曳,燃烧中的污泥稳定地向着事务所的地面蔓延,伴随着沉闷的震动,泽田下意识地丢下听筒,然后转过身体,面前刚好有一扇门。跌跌撞撞地推开门后,眼前是一条其之前没有印象的通道,泽田一路跑到通道的尽头,那里又是一扇门。这个地方出奇地安静,好迷惘啊!方才遇到的污泥是什么?泽田不禁开始想象那说不定是一种带有危害性的灵性物质。但还未及认真观察前方，就拉开了门——首先感到的是从正面射来的阳光——泽田意识到自己又一次迷路了，这次误入了一个奇怪的地方。

"哎呀。"

"哦哦。"

那些没有头发、头颅圆润的女人似乎正围着桌子玩卡牌，她们全员一齐看向这边。那里的光线非常明亮，像温室一样温暖，植物苍郁繁茂，像是在某个小木屋的屋内。窗外是无边无际、波光粼粼的大海，还可以看到陡峭的海岸线和在空中飞行的小小人影，但这些几乎都与故事的主线无关。

"哎呀，翻转的卡牌居然来到了这里。"

"好巧不巧，偏偏是这里呢。"

"这可真是，不能白白放这个人回去呢。"

"嗯嗯，我们得好好商量商量。"

事态开始不受控制地发展，不知道泽田本人对此作何感受。只是其内心里最为挂念的只有一件事，那就是狗的所在以及它的安危。

（伪）灯 火

不时有闪电划过，浮现出大蛇的影子，这里正是正十角形前台所在的楼层，其外观带给人的印象依旧是中心部位呈现出齿轮形状，以及如马赛克般密集的宝石地板。它以黑色圆形为中心向着十个方向放射黑色的三角形，夸张的锯齿纹路的存在感格外突出。从这里产生的回转力使得楼层全体稳定地自转，但有时也会同时发生上下运动。静止的台阶上，有时会有一口井浮现在中央，还有一个戴圆锥帽的女人，而在其他楼层，有时熊熊燃烧的物体会从上方坠落。这时，从中空的内部会产生热风，吹乱了各楼层朝向十个方向的幕布和窗帘，伴随着刺耳的轰鸣声和燃成白色的倾覆感，巨大的光球坠落下来。这些事物都只存在于Q的一侧。而在K那一侧，时常可以看到有轨电车通过的石桥和川中岛的棚屋群落。他们都有应赎的罪，这是二人的共通之处。

只有嘴角留有火伤疤痕的狗可以在两侧自由穿梭，只是它也有应赎的罪孽。还出现了一个跨过深山山顶，难民蜂拥而至的世界。在与此融合的另一个世界里，人们平稳地筹划了花电车的观光活动。岩石浴场被孤立在云海当中，变换位置，自由飘浮。

云 海

——当他看到金丝网中似曾相识的温泉蛋时，就产生了预感，仿佛这是某种暗示，带给他奇妙的感觉。那里是实验室的小卖部，商品的种类似乎已经进行了大幅调整，在店铺深处忙着结账的是之前那位中年女职员。人群的队列不断缩短，不久后，轮到了K。他递出怀中的食材，对方平淡地收下，专心录入金额。——"你的狗怎么样了？""嗯，托您的福，总算是有所好转。""你后来见到过美津吗？就是那位市营电车司机。她曾经在公共浴场的地下订购过鸡蛋。"

她用尖锐的目光看向K，但未作任何回应，"我是混在栽培工场的朋友里过来的。我对这种事情无法坐视不管。"

请她把物品分成两个袋子装好后，购物就结束了。后方还排着很长的队伍，K只好离开小卖部，走进挤满避难者的大堂。他的腰椎疼痛难忍，让他几乎无法正常站立。他不禁猜想，小卖部的女职员之所以没能认出自己，是因为自己的面容已经衰老得让人难以辨认。

"独占最高楼层的是一群女孩子。啊啊，这种事不能乱说。一想到社长走了，我就忍不住嘴贫。"——那位警备员无论走到哪里都口出恶言，十分引人注目。K终于回到酒店，而那位拜托他筹备食材的重要人物却已不在。穿着夹棉夹克的小姑娘一动不动，睡在熙熙攘攘的通道旁的沙发上，于是K把一个袋子放在她身旁，但他环顾四周也没有看到那个单臂吊着布条的身影。"你在找那个奇怪的人吗？""那人可真是可怜。"——K对睁开眼睛的小姑娘说道。比起与那个奇怪的人扯上关系，数日来难以捉摸的状况，以及和世津一行人发生的争执，更让K感到头疼。

"在摇晃，这里还在摇晃。"

"好像是地下锅炉或者其他设备出现了故障。大家都这么说。"

"所以，这一定是姐姐们不去工作的错。"小姑娘一边抱着分发的毛巾，一边说道，"我听人说，在街市公会堂的地下泳池里，底部孔洞发生了奇怪的震动，还冒着气泡。一定是因为通风管道没有修补好的缘故。"

这段日子里总是嗜睡的小姑娘自称丽，不知是丽津还是丽一，K重复听了很多遍都觉得像是"丽"，是那种弹舌后卷起舌头的发音。对K来说，她的名字有些拗口，因此她在他心中一直以无名小姑娘的形象存在。"你们也是通风管道工人的同伴吗?"有一个人直接霸占了地板,眼神中满是厌恶,打量着K和小姑娘,然后视线时不时滑向两个购物袋。正当K想着差不多也该离开这个地方时,世津一党的数人散发着不安定的气息,正在渐渐逼近。

这是一个罕见的全是男人的团体,他们颔首示意,说了句"哥哥",然后突然抱起小姑娘。小姑娘拼命挣扎,变得狂暴。最终,K双臂和双腿都被牢牢禁锢,跌坐在沙发上。"不要,我要直接和姐姐说话。我明明看见了她一次,那以后她又去了哪里?""不要给哥哥添麻烦。他是要回到街市的人。"

随着争执愈演愈烈,一个脏兮兮的信封从K的怀中掉了出来,凌乱不堪的内容物从张开的封口处散落到地上。而就在此时,久违的世津出现了,她的演说也就此开始。

疲惫不堪的K的眼前,一张张精疲力竭的脸如无数泡沫般不断涌现又瞬间消逝,诊疗室里的中年女医生不断拨开人群,喘着粗气穿行其中。但她又匆忙折返回来。"这孩子是从什么时候开始变成这副样子的?"——她一边用质问的语气问道,一边把手搭在小姑娘的额头上,盯着K的脸。不过,这件小事发生在稍后。这一事件,以及不久后K被当作罪犯受到谴责的事件,都在这里暂时予以保留。

"——而我却恰恰相反,像是醒过来了一样。"

在茶室靠窗的座位上,一个身穿丧服、戴着黑色墨镜的女人从容地讲述着,而事到如今,女人们似乎正坐在各自的位置上随意地交谈。"我手足无措,看护的工作持续了很多天,我每天夜以继日地守在她身旁,然后我望着我那布满皱纹、本应慢慢萎缩的手背,发现它居然不可思议地将皱纹舒展了一些。我一直注视着它,发现蛇腹状的皱纹开始像活物一样运动,变得平滑,逐渐伸展。关节也在活动,好像长高了一点——或者说,是恢复了原来的状态。"

或许是因为身着正装,那人看上去年龄不详,但仍然可以看出她并不年轻。她身旁有一只中型杂种犬,不知为何,它怨怼地抬起眼,没有一点儿生气,只是一副沮丧的神情。

"我看护的对象不仅有严重的外伤,我怀疑她的内脏也有损伤。当时她迅速失去了意识,陷入了昏睡状态,但即便如此,年轻的心脏也不会轻易停止跳动。它确实不会轻易停下来,而我直到那时为止,都对这样的事一无所知。——那个不断变形的旧型升降机应声坠落,我们约定过的屋顶世界这一碰头地点也再无法使用。这个被我叫作'鼠'的孩子,直到最后我也不知道她的真实身份和姓名。

或许她从未有过名字。尽管我感到万分不便,但还是在邻居的帮助下把她抬了出来,无论我的身份还是当时的状况,都无法叫来医生。"

女人滔滔不绝地说着话,但定睛一看,她对面似乎没有人。至于话里的内容,魁梧的男人十和田只能理解其中一小部分。他隐隐感觉到,在批发街上遇到的那对二人组中的一人可能就是这个女人,只是她讲述的关于牵着狗来到这里的理由让他感到微妙的困惑,萦绕在他的耳畔。"——父亲和年轻的继母需要照顾婴儿,我的妹妹还很幼小。"

"哎呀,你姐姐的孩子可真是长得飞快。"

"今天早上一看,已经在露台上爬了。看那副样子,似乎很快就可以到处跑了。"

在另外一张桌子上,身穿网球服的少女们正热闹地聊着天。十和田一动身体,颈部的项圈就被猛地拉扯,这引得对面桌子下方的狗疑惑地扭头看过来。"我们已经观赏过雷电了,但想去的地方还有很多。""我们一直在网球场上。""是啊,的确是这样。要是有会开车的人在就好了。"

"那么,那位年轻的夫人现在在哪里?如果这样的独白可以得到宽恕的话。"

戴黑墨镜的女人说道。十和田心想,终于轮到这可怕的话题了。——Q 支付生活费的对象让剧团的所有人议论纷纷,以及他在批发街上从只交流过一瞬的Q那里收到了信。他凭着直觉将这些线索串联起来,它们似乎暗含深意,以至于在深山山顶与扫除会道别后经历的变故,都在不知不觉间被他遗忘了。

"他看到大蛇爬进中庭的井里了吗?"

十和田开口道,在场的所有人都将目光投向他。"——那没什么大不了的,毕竟在深山山顶有了那些惊奇的见闻以后,一切就都不足挂齿了。最重要的是Q那家伙,好像没有人知道他现在身在何处,我为什么不早点找他呢?作为他的搭档,我自然很乐意协助搜索。在任何地方看到他的踪迹都很有价值。"

"唉,周围怎么净是恼人的狗。"有人不禁抱怨,"我儿子出门去寻找走失的狗,自那以后就再也没回来。"

新来的中年女医生挽起诊疗服一侧的袖口,一边闲聊,一边绕到座椅前。她摸了摸自己的喉结确认发声的状态,却没有人对她加以谴责。"说起来,巡视完这一层后,就像是进入了另一个世界——儿子究竟有没有回来的意愿呢?还有还钱的事,我无计可施,只好来到这里,结果还发生了这种事。"

这时,大窗户外的阳光突然变得暗淡,在紧贴着窗户的地方,出现了一个在逆光下曝光过度的缆车吊舱,沉重的舱体压弯了轨道,正向着下方驶去。它似乎是突然重新启动的，不断发出声响，接二连三的影子令杂种狗吃了一惊，狂吠不止。视其为威胁的十和田猛地起身，却受到身旁的女医生冷静的责备："你的耳朵和鼻梁都有打架时受的伤，必须严加管理。"这里似乎是回转式瞭望台，楼层整体发出刺耳的巨响，开始旋转，窗外的景致也从深山山顶转向阳光普照的云海一侧——这是个极为罕见的晴空万里的日子，玻璃窗外的白色太阳表明外界气温很低。接着，吊舱一个挨着一个沉入山间的云海。不知为何，只有向下方运行的列车，循环式缆车的上行一列却不见踪影。

"那姐姐如今在哪儿？"

"从天色看，已经是初冬了。"

女医生取出塞进烟草箱里的打火机，叼着一根烟，用瘦削而有力的手指按下点火弹片，然后又按了一次。

"我从没想过我能如此自由。可以买任何东西，去任何地方。再也不用被别人支配了。"

在发生争执的小团体中，一个娇艳而活泼的声音说道："既然现在还在谈论奖券的事情，那我就说了吧，抽中两张大奖的人是我。而且这些奖券都有被拆开过又重新贴回去的痕迹。我当时不断打量着周围的人，一边犹豫自己是不是要一个人逃跑，一边又在怀疑自己是不是已经错过了逃跑的最佳时机。但是那已经不重要了。哥哥，我还想向前走。"

尽管语言上的争执还在进行，混乱的局面也未得到平息，但有一个人正侧目注视着这个情景，悄悄地向着被黄色绳子封锁的酒店前台深处退去，她是身着浅灰色朴素女仆装、领口鲜白的可疑人物——并非双胞胎，而是另一个人。"那件带有头饰的黑底白蕾丝服装是我的收藏。该怎么说好呢，那一套是我的战利品。至于藏在哪里，那就是我的小秘密。"——似乎自言自语已成为她的习惯，在临时被用作衣帽间的凌乱库房里，她弯着身子前行，走向挂有大量外套的角落，紧接着，她挪动墙壁下方的盖子，那里仿佛是隐藏在阴影里的地窖。她背过身，窸窸窣窣地钻进狭窄的通道，不断下行，来到了一个隐秘的狭小空间。房间里亮着一盏小巧的灯，除了挂在墙壁上的豪华女仆装之外，还有旗帜和小太鼓以及密封在福尔马林瓶里的不知名标本。以衣饰为主的物品，使得这里看起来更像一个更衣室。她又挪动地板上的盖板，隐藏的通道继续向前延伸。

"我是招致混乱之人。也是渴求灾祸之人。"——穿着灰色女仆装的人，即先前自称富喜江，同时也是剧团的女预言者的那个人满意地自语道。只是深入地下以后，地面和墙壁都在自由地运动，有的飞速跳跃移动，有的后退一步静候时机——她穿过复杂的通道，目标是前方微亮的空间深处。

从设有扶手的回廊俯瞰，可以看到狗的确在最底层，十角楼层瓦砾遍地，坠落到了地下深处，没有出口。在她丢下剩饭的小包裹后，狗安静地仰起头，楼底中央不知为何有一口石井，井隆隆作响，像是有什么东西熊熊燃烧时传来的微弱回声。——只是窥视空间深处的那人太过傲慢，无疑放松了对身后的警惕。

"不过是条狗罢了，现在它的生死在我一念之间。况且我还能巧妙施计，使它无法逃脱。我一直在考虑将它的身体用作某种材料，那么接下来该如何行动呢？"

在她自言自语时，她的后背毫无防备地暴露给他人，比如张开手指逐渐靠近的两只手掌，或是匍匐着接近的生物。似乎无论面对怎样的命运，她都自甘如饴。

归 程 I

两条狗的相遇发生在此刻。自动贩卖机旁的休息处人声鼎沸，在这附近有一个混乱的行李寄存处，空箱子等杂物的缝隙里，藏着一只后背秃得斑斑驳驳的小型犬。一个戴着黑色墨镜、穿着丧服的女子牵着自己的狗穿行其间。没有生机的杂种狗突然竖起耳朵，它的目光直射向休息区中悠闲聊天的某个人。

"过了这么长时间，身体内的毒素应该已经完全排出了。即使重新回到街上做生意，以前的客人也都已经走上正道，怕是不会再来了。"

天色还没暗下来，发泡酒的空罐就已经排成了一排，醉醺醺的烟草店老板终于注意到跑到他身前的狗。"咦，你也来避难了吗？对于劣狗来说，这真是件好事。"——店主顺手拍了拍它的头，然后重新投入了闲聊。狗心满意足地钻进他双腿间的狭窄空隙中，一动也不动。

接着，不远处有人轻声呼唤着"丽"，向小姑娘挥了挥手。这个穿着皮革外套的人正是世津，但这也不是她的真名，因为她的真名难以发音，就连她本人也对是否需要报出自己的真名感到犹豫。——丧服女子没有向烟草店老板打招呼，只是背过脸起身离开，正好与也在此地的世津擦肩而过。

"世津姐姐。"

"你也是，交际要适度，要多考虑自己。我也打算结束这段挥霍无度的畅游，重新回归一个人的状态了。"

与方才的演说的风格截然不同，世津的讲话方式回到了她在通风管道工人时代的风格。"所以说，你已经把大奖花光了吗？姐姐，你打算回到街市了吗？"

"我为自己预留了一部分。"世津苦笑道，"身上的装饰已经够多了。而且也有传言说石头在生长，所以它们也变得有点重了。我可能不会回到街市，会去其他地方。"

"我呢，本来是打算去洗手间，但不知怎么就走到了一个非常奇怪的地方，刚刚才回来。"——回来的路上，小姑娘丽被世津叫住了，但她无法详细地描述自己方才的经历，"哥哥也是一样，被一位奇怪的伤者委托去买东西，收到了许多物品代替钱款。包括那张奖券，还有可以免费乘坐花电车游览的特别票券。"

"我去过的岩石浴场很狭窄，是淤泥沸腾的地方。我要走了，你要一起吗？"

"——有人让我稍后去诊疗室。"

一个身穿网球服的少女步履轻快地穿过熙熙攘攘的人群，在电梯口按下按钮后，就消失在电梯的门扉之间。周围十分拥挤，没有人特地将目光投向这个少女。墙壁上的标识表明这是下行专用电梯，升降灯如流水般稳定地向着一个方向移动，但实际上的路径并不是那么简单。

"浴场各处都是自由开放的，我们每天专心打扫，日子就这样平静地过去了。"

人数众多的老人谦逊地说着。地下房间的幽暗地板上，摆放着大量清扫道具，正在惬意小憩的人们都是扫除会主流一派的成员。

"那些越过深山山顶，向着更遥远的彼方前进的人们被称为激进派，他们同我们的方向性截然不同。'彻底的清扫可以修正世界'——这的确是我会的基本理念，可是，该怎么说好呢，他们却忠实地按字面意思去执行。况且在深山山顶这个地方，正如你的所见所闻，有一个巨大的垃圾处理场，几乎改变了整座山脉的形态。如果你有机会亲自前往那里，我相信你会感到震撼，只是我们已经与激进派失去了联系，不知他们的去向。"

"可是，不是有地面缆车车站吗？"有人打岔道，"虽然空中缆车线路已经废弃了，可是自古以来的地面缆车线不是一直可以从山顶抵达邻市吗？"

"也有传言说那已经成了难民列车。"

"不不,不仅如此,一段时间里,整座山都变得漆黑,并且在移动。我从岩石浴场看到的就是这样。"

老人们沉浸在山间的闲谈中,当他们收拾便当盒时,出乎意料地宣布要撤离。"我们从街市上的公园出发,用了很多天才抵达这里,如今口粮告罄,是时候撤退了。""厕所在后面,请大家使用时注意保持清洁。"

他们一边说着,一边从地上拾起网兜状物体的一端,它向着黑暗深处延伸,像是指明街市方向的路标。老人们拽起一角并将它揉成一团,然后三五成群地离开了。他们说期待久别后再去看一次喷水池,只是那声音渐行渐远。Q单手拿着分好的一包鸡蛋站在那里,背后是全无存在感的电梯口。

就在这时,轻快的电梯到达音效突兀地响起。"欸,姐姐在哪儿?"一个少女随着人工白光走出电梯,环顾左右,"我明明听说她就在这一层。"

粉白相间的崭新网球鞋在黑暗中熠熠生辉,当她穿过高层的大堂,走入发烧的小姑娘的视野时,小女孩下意识地蜷缩起穿着脏兮兮的帆布鞋的双脚。

此时已经是午后的最后时分,K被人追赶,他在地上最后看到的景象,是窗外已经冠雪的深山山顶的夕景。明亮的斜阳被染上不可思议的暖色,远山与那被挖得特征鲜明的山脊线,在那一刻仿佛是由组成梦境的物质构成的。它明亮地浮现在视野中,如同 K 曾在梦中看到的光景。

归 程 Ⅱ

"那是西卜来山。它背面好像是个采石场。"

有人这样向同行的游客们介绍着。铁塔的横梁就在他们的头顶,发出类似风车发电时狂吠般的呼啸声,盖过了人们的讲话声。"——这些坚固的桁架结构理应不会弯曲,也不会发出轰鸣声。恐怕他们正在强行修正索道,据说他们计划着直接穿过山麓站抵达街市。"

中年女医生一边在心里暗暗这样想着,一边匆忙地扫视四周,她发现先前散落在各处的吊篮已经不见踪影。——她路过这一奇妙的场所实属偶然,只有位于高楼层的这一场所有一个非官方的缆车月台。月台的构造与外墙的紧急出口相似,月台的室外部分只能勉勉强强站下两个人,其中还需包括一个常驻的工作人员。透过窗子,可以看到那人戴着工作帽,身上的塑料雨衣在狂风中飘动。然而,女医生对此不以为意,她拾起绳索和空篮子,突然,一张肮脏的便笺纸从中掉落。

"有朝一日、吞下你。都是这种内容。"——她瞥了一眼，就露出明显的厌恶神色，尽管如此，她还是花了十多分钟静静地在屋子里走来走去。当她回到原来的目的地时，情况已经发生了巨大变化。

从前的正十角楼正在徐徐坍塌，只有不知为何出现在中央的石井依旧保持着原状。看起来，这场坍塌是大蛇在此处肆虐横行后的结果。"美沤。"她不明所以地尖声呼唤，在摇摇欲坠的底部，狗抬头向上看，焦急地等待着垂下来的篮子救命。然而，绳子的长度稍有不足，她给出指示加以引导，狗终于跳进了篮子，她也终于找到了一个能够成功将狗提起的姿势，但这已经是中年妇女腕力的极限了。

"这里快要坍塌了。"

从已经开始坍塌的回廊传来了 Q 的声音，但他没有立刻过来帮忙。"妻子她们就在那里。一个人在生蛋，一个人不是食物中毒，就是得了肝炎。可能还会再来一个人。大蛇吞下一个人后，就潜进了井里。它还在那附近，说不定是在等待前往街市的最佳时机。我猜一定是这样。"

头顶上仍旧是轰鸣不绝的巨响和火焰炽烈燃烧的气息。瓦砾遍地的十角大楼的底部显然已经开始下沉，突然从井口飞出一个戴着三角帽的女人的上半身，但紧接着又迅速缩了回去。接着，轰隆隆的崩塌声响起，下方的回廊现出大蛇的身影，而在对面，一名穿着丧服的女子伴随着大量瓦砾一起坠落，整个过程就如同戏剧中的一段插曲。

"请立刻帮我。因为我能为所有人提供治疗。"女医生大声呼喊着，而Q则护着自己的左臂缓缓靠近，但他的态度十分犹豫，还在观察着对方那动弹不得的窘况。楼梯下方是坍塌的石柱，他们落脚的地方突然塌陷，两个人撞到一起，先滑倒的Q在最后一刻抓住了绳索，避免了更多的意外。Q悬在空中，而女医生的脸正对着单手握住绳索的他。然而狗却在这一刻被抛了出去，它仰面旋转着，沉入昏暗而遥远的虚空。

"你这个杀狗的。"

女医生龇着牙、勃然大怒的神情，在Q抬头的一瞬间清晰可见，他突然注意到对方的眼白上有星星。与此同时，在地下深处漆黑的水路里，一条巨大的蛇正向着前方猛冲。由冠状物质转化而来的红色肉瘤和它的前肢如今都受到了磕碰，显得异常脆弱，已经在扑簌扑簌地脱落，但即便如此，它仍坚定地冲向前方，一路朝着与街市最深处相连的通风管道的分岔口前进。

"——我的狗不见了。你知道它在哪儿吗？"

商店女职员突然质问道，此时她正在自动贩卖机旁的休息处。烟草店老板一行人似乎已经移动到了其他地方，只留下许多散落在地面和桌上的空罐子。K等人正好有了空位，他们搬来行李，在这个临时根据地安顿下来。这时，那个焦躁不安的女职员刚好从他们身旁走过。

看到她焦虑不安的神情，K不由得指向了藏于阴影中的狗的背部，

"啊，它在这里。啊啊，它已经死了。"——女职员跑过来，高声叫喊着，忽然放下手中的狗开始号啕大哭。

"啊啊，啊啊，它的眼睛还睁着，身体却像木棒一样硬。几个小时前，在我浑然不觉的时候，谁都没有发现它，它就已经死了。"女职员一边哭喊，一边摇晃着被透明液体淋得湿漉漉的小小的尸体。"它拼命钻进这么狭窄又这么肮脏的地方，死之前一直孤零零的。它一直生病，我给它喝了很多药，却从来没有想过它会真的离我而去。"

"你盯着什么看呢？"见她突然间将矛头指向自己，K害怕了。她的脸上挂着泪珠，充血的眼睛直直地盯着K，带着愤怒与憎恶的神色。

"你啊，一直领着一个小孩似的小姑娘东奔西走，到底是怎么一回事？你明明年纪已经不小了，真是让人讨厌。我都起鸡皮疙瘩了。我好多次看见你和那个女孩一起在酒店大堂里。"

"流言不断。说是有可疑的人。"

有人插话后，表示赞同的人意外地多，悲痛欲绝、涕泪俱下的女职员成了众人的焦点，形势开始变得不安定起

来。随后，袒护K的丽不知为何被撞到一旁，人群涌了上来，甚至拖走了他们的行李。K被当作诱拐犯，这场骚动一发不可收拾，直到二人抵达外墙边的缆车临时停靠台，K遭受到了相当程度的暴力。

"哥哥也一起来。"丽苦苦哀求。在飞旋的强风中，丽被塞入闪着蓝光的四人吊舱，列车员用腰间的救生索把自己固定在栏杆上，然后把K推了回去。"不可以。万能票券一直都只能一个人使用。"

列车员关上舱门后，狠狠地踢了吊舱一脚，丽的吊舱摇摇晃晃地离开了站台，转瞬间便混在一列蓝色的发光体中，徐徐沉入黄昏时分的云海。淌出的血模糊了K的视线，他勉强目送着吊舱消失在视线中，然后摸索着回到屋里，黑暗愈发稠密。他用双手在前方探索，不断向前行走，走到一个死胡同时，他似乎被粗糙的纸墙拦住了去路，那是一种令人内心无法平静的触感。发霉的气味在四周弥漫，他的手指触碰到一个门把手似的东西，他横向拉动，发现这是一扇不易拉动且已经僵硬的纸拉门。

归 程Ⅲ

这件事发生在 K 于发霉的黑暗中摸索的时候。

西比来山的大蛇频繁地引发事件，当它在漆黑的长距离通风管道里全速穿越时，也经过了极其狭窄的地方，不断与各处发生碰撞。我们理应认为，它那碍事的鸡冠和前肢都在那时失去了。当它从地下公营温水泳池的"水底洞口"以迅猛之势出现时，它的身体已经残缺不全，仅剩的突起物就是那对长满明橙色和绿色棘刺的耳鳍。随后，它与大量气泡一起向明亮的上方攀升，先是猛然向着石柱林立的地下空间更高处飞腾，紧接着以击打泳池水面之势，壮观地落入水中。——活体炸弹般的大粒水花轻易地飞溅到上层观众席的顶部，悲鸣声四起，温水剧烈摇晃，泳道的绳缠作一团，而大蛇却悄无声息地消失了。然后它又迅速浮出水面，缠上一根石柱，躯体紧绷，盘旋而上，迎着深邃的虚空仰起镰刀似的头颅，张开长满獠牙的巨口。

当时，刚好身在观众席的客人们恐慌地四处奔逃，有些人越过扶手掉进水中,有些人则在沉入水底后,清晰地目睹了圆柱群断裂崩塌的倒影,这无疑是与"破坏自源泉而来"的预言吻合的惨淡景象。然而,地下公共温水泳池却与大蛇意外地投缘,于是那里很快就因为能与长有美丽鳍棘的大蛇共游而名声大噪。只有风姿雍容的巨大爬虫类盘踞于巍峨的斑纹石柱之间,方可被誉为真正的美。而与此同时,负责清扫泳池的职员却牢骚满腹——当他们使用带长柄的网在泳池巡回时,他们的身影投在水面上,数量不断增殖——依照这则证言,自然可以零零散散地拾起一整副人骨。

接下来,让时间倒转,回到遥远的另一个场景。那一侧,K正拉开古老的拉门。

K眼前是一个铺着榻榻米的狭窄房间,六叠左右的空间怎么看都像是别人家中的一室。墙上悬着罩了灯笼的灯泡,这里像是一间清静的起居室。对于K来说,眼前的景象极具冲击力,他穿着鞋的脚不由自主地停在了门槛上。

眼前乱得几乎看不见榻榻米,这里摆放着被炉、朴素的佛龛、古老的五斗柜、揉成团的寝具和蜜柑箱子等物品,还有低矮的天棚、斑驳脱落的门窗隔扇以及修补毛玻璃用的胶带。强烈的既视感让K模糊的视野慢慢变得狭窄而昏暗。现在似乎是夜晚需要点灯的时刻,空气里弥漫着他人生活过后的酸臭气息。但空气的触感却是慵懒而温暖的，仿佛跳过了冬天，猝不及防迎来了早春——房间外是矮了一级台阶的幽暗厨房，深处隐约可见水平滑动的拉窗。窗外大概是那条频繁涨水的一级河流的河滩，K唐突地这样想道。

一瞬间，K脑海中涌现出闪耀的影像，仿佛纯白的光束要从他的眼睛和耳朵里向外流出——阳光下的河床、蜿蜒的河中岛、横跨岛屿的石桥，以及桥下那些杂乱而拥挤的灰色棚屋。光线的漫反射令人头晕目眩，接着，在下游建筑群的边缘处，可以看到一户拥有小晾衣场的人家。

K的眼底浮现出玩具似的旧型有轨电车迟缓地挪动屁股，渡过石桥的影像。可是这不是影像，无论怎么想，这都应该属于是他人的记忆。难道是自己的祖父或是曾祖父的记忆？——正当K陷入混乱时，罩了灯笠的灯泡微微晃动，低矮的天棚开始发出明显的轰鸣声。

伴随着隆隆的噪声和沉闷的震动，在头顶通过的无疑是有轨电车的车轮，与此同时，不知从哪里传来了呼喊声。

"——先生，我一直在等你。"

电车的声音远去后，那个声音再次轻声向K搭话，这让他感到些许恐惧。夜晚河流的浓厚气息，以及河中岛一带熙熙攘攘的生活杂音向他压迫过来，他已经无处可退。说话人像是一个稚气未脱的少女——往昔，在夜晚的河滩有一个瘢痕累累、吱嘎吱嘎作响的晾衣场，出入口处的明亮拉窗一直紧掩。所以，拉窗后就是这个六叠大小的房间和厨房吗？K心领神会，接受了被召唤到这里的现实。

"我一直在这里等你。"屋外的声音微弱而平静，"在那以后，河水涨了很多次，还发了一次严重的洪水，几乎淹没了一切，好在这里的火没有断绝。我吃了很多苦。你一定什么都不知道吧——虽然用炭炉需要花一些时间，但鱼刚刚烤好。你要拿它配米饭吗？"

深处的拉门漏出微弱的光亮，

"不过有点烫，我的手捧不住。"

"哗啦"一声，纸拉门滑过地面，响起摩擦声。视野中的一切愈加浑浊昏暗，如今像是倏然点起蓝色的鬼火，而屋外似乎是烂漫的春日良夜。

灯 火

当没有名字的小姑娘哭着醒来时，云海的浓度变得逐渐稀薄，透过玻璃窗，隐约能看到夜晚的街市。

她似乎在狭窄的座位上睡了一会儿。夜晚乘坐的小型吊舱是一个蓝色的发光体，排成一列悬挂在空中，缓缓下降，给人以一种阴郁的感觉。随后吊舱突然穿越了云雾，广阔而鲜明的夜景出现在眼前。整个世界如今已化作全舰饰[①]，夜晚的城市、夜里的河流都在轰鸣声中闪烁——在吊舱的前方，蜿蜒的河流上架着几座明亮的桥，而河面却漆黑一片。她看到奇特的通信塔在地平线边缘缓慢移动，也看到城池天守和公园被灯火通明的楼群淹没，如同迷你模型。她想知道自己会在这令人惊叹的夜景中降落在何处。小姑娘将额头贴在蓝色玻璃上，正下方的街道已变成光的旋涡。

[①] 亦称满舰饰。方式为悬挂军旗以传达特定信息或致敬。

不久后,前进的蓝色队列依次熄灭灯光,小姑娘所在的吊舱也开始减速,然后急剧下沉,接着是径直着陆带来的冲击。吊舱被粗鲁地拖在地面上,松动的门敞开后,她发现自己在某个屋顶上——这里正在举办规模庞大的宴会——小姑娘就这样被浩浩荡荡的人潮推着,走向拥堵的室内楼梯,朝着庆典夜晚的街道进发。

"我从上面看到了,装饰了好多灯泡的豪华电车川流不息。"她兴奋地大声尖叫,年轻的同伴们回应道:"我们接下来就去那里。"他们欢快地起舞,用双脚打节拍,"你有一张特别的乘车券呢。如果是一一五〇型的话,列车司机是女性哟。"

但这只是梦,小姑娘想道。夜晚的空气带着淡淡的湿意,街区仿佛已经经历了无数个祭典的夜晚,纸质的雪花不断滑过她的视线。但如果把那辆比人还高大,闪烁着红色光芒的花电车当作幻象,则显得太过巨大,太过沉重。一台花电车压断了行道树的枝杈,敞开车门,周围的人们一边喊着"快上去快上去",一边伸出双手。小姑娘被强行推搡着上了车,头顶传来"气压刚好"的声音。制动总泵的气压被释放出来,巨大的车体全力加速,眼前的光芒照射着四面八方,贪婪地吞噬着一切。

"不知道乘坐这辆车的人会是谁呢。我想,你一定付出了不少努力,才能来到这里。"

在沉闷的震动与强烈的光影中,女列车员缓缓开口。她扭过来的半边脸淹没在浓密的黑影里,无从辨别,而她的声音是沉稳的低音,令人感到不可名状的怀念与恋慕。小姑娘不知该如何回答。

"姐姐,我弄丢了鞋子。"——片刻过后,小姑娘温顺地说。

(完)

后记

从深川浅景到宇宙梦

金井美惠子

我脑海中鲜明浮现出,泉镜花笔下那从桥上跳跃到河面的活泼少女的身影。

与其说是在深川①桥上,不妨说描写的是在"书籍"中腾空一跃,轻快自在地落到摇摇摆摆的舟上的"小姑娘"的身影,令我不自觉地回忆起这一身影的,是我初读山尾悠子的"实质性处女作"《梦栖街》时的印象。山尾悠子不就如同下述那般明快地登场了吗?

关东大地震②四年后,与"向导"一同探访深川,在雨中漫步的镜花目睹"桥上一匹大马拽着排子车"通过,"一眨眼,一个小姑娘紧贴着马腹,从马鞍上跳了下来……白底浴衣上系着友禅衣带,似是梳着岛田髻,伞

---
① 东京都关东区的町名。
② 1923年9月1日在日本关东地区发生的大型地震灾害,为明治以后规模最大的地震灾害。

也没有撑便灵巧地现身，马则不见了踪影——不知是从河畔哪户人家的后门溜出来的"，她的身影和正从桥上通过的马重合，小姑娘"抖动蝴蝶翅膀般的白色衣袖"，穿过"灰暗的工场后身的窄巷"，不知那是友禅衣带，还是"烧得通红的火"，如同温柔地缠绕在腰间的凌霄花，在水面投下影子，"小姑娘背过身，接着，一条古老的高濑舟斜着舟身，沿着两岸皆是工场的曲折河岸从正对面驶来，河岸深处是一道道沟渠，小舟的舟首如一只蛤蟆随着流水飘荡，当半个舟身出现在池塘一角时，小姑娘依旧背着身，纵身一跃，跳过莲叶，轻轻落到舟上。"

（《深川浅景》《镜花纪行文集》岩波文库）一文使人不由得被不停抄写下去的诱惑所掳获，对这位轻盈地落到蛤蟆般的小舟上的小姑娘，镜花继续写道。

"不知是她被父亲疼爱，迎来了伯父，还是受到哥哥戏弄。只见她转过身来，美丽的嘴唇宛然一株常夏花，盛开在蒙了一层薄云的幽暗池水里。"

"梦栖街/远近法"，像这样的词语，无疑是作为与通常的小说描写手法的空间意识不同的事物被挑选出来，对我而言，"远近法"这个词语用来指代"时间"。究其原因，恐怕是我对所谓"科幻"的类型文学，带有并非毫无意义的轻蔑，觉得不舒服，因而不曾进入我阅读的视野里，作为按照《文学界》刊载的《飞翔的孔雀》（二〇一三年八月号、二〇一四年一月号）"逆远近法"的顺序去阅读山尾悠子小说的读者，面对这段文字会感到疑惑不解，不知那是"时代的错误"，还是使用了将读者卷入其中的逆远近法，不知那是《深川浅景》中描述的现实中的小姑娘，还是镜花笔致所勾勒出的如梦似幻间，飘浮在空中的花精。这篇文字，正是早期作品选集的文库本《增补 梦的远近法》的书腰、腰封——不觉习惯了这么称呼却浑然忘记了其淫秽性，当与镜花联系起来时，我以为它是花、羽毛、翅膀的同义语，是很适合写在腰带这种女性服饰上的赞美之词。

而听了"飞翔的孔雀"一语，我们难道不会感到些许违和吗？不知为何，在空中振翅飞翔的孔雀叫人很难想象。无论是三岛由纪夫的短篇，还是费里尼的电影，孔雀都不会飞。它会张开那浮夸而沉重的尾羽，在那年初雪飘落的纯白世界，以悠然在地面漫步的姿态登场，不是吗？当然，读者和见证人的惊讶（作者们认为那并不会小）固然值得期待，但孔雀不似鸵鸟生有触感独特、蓬松的装饰尾羽，会如同舞女挥舞手中的大羽毛扇般奔跑，孔雀会飞。火变得难以燃烧的世界已经存在，当然，这是由言语构成的虚拟空间，它就如同普通的鸟类那般，"飞翔的孔雀收拢华丽的羽毛，张开背后的褐色长飞羽，猛烈地飞翔"，与此同时，因为它不仅有乘着歌声的翅膀[1]，还生有飞羽，故而可以在空想的时空中，"伴随着响亮的振翅声，它低垂着光彩夺目的蓝色脖颈，从黑暗深处蓦地出现"，无论如何（之所以这样说，是因为费里尼和三岛也是如此）孔雀就像这样，显露了它的祖先与恐龙、蛇同为爬虫类的历史异形性，谁知山尾悠子也捉弄了对文艺杂志上的科幻文学知之甚少的读者，不惜笔墨地补充说明道："它的眼睛既像疯癫的前兆，又似杀人的凶器，异形的眼眶透着鲜血般的红色。"

望着"飞翔的孔雀"一语，我联想起一种物体，它就像局部闪烁着浓绀色光辉的青金石，蒂头是淡淡勿忘草色和白色。那便是隐在花萼间、生在枝头的茄子。母亲曾说，养在附近料亭的孔雀有时会飞来，用尖锐的喙一口接着一口地啄食种在晾衣台花架上的茄子。那里距电车轨道有一段距离，房屋也没有院子。比我年长一轮的邻家姐姐屋中的小院（据姐姐说只有老鼠额头那么大）里种的茄子也未能幸免，说不定孔雀喜欢吃茄子。用来晾晒衣物的阳台上，白色塑料盆里种了蔬菜和花（小番茄、黄瓜、白葱莲、六月菊），这对孔雀而言不免有不相衬之感，巨大的巴洛克珍珠形的细长茄子被打磨得如宝石般莹莹闪闪，倘

---

[1] 化用德国诗人海涅的诗《乘着歌声的翅膀》，该诗因门德尔松谱曲而广为流传。

若晾衣台与另一个世界毗邻,那么孔雀或许是将那如黄金般闪着熠熠光辉的青金石看作了竞争对手、同族孔雀的头部,才将其咬碎。

轻轻跳到如蛤蟆般的小舟上,小姑娘自然为自己如蝴蝶又似小鸟般的妙技感到满足。"在水上莞尔,露出美丽笑靥",倘若她那时说了什么,那应当就是后来在文库本《增补 梦的远近法》的自作解说中,关于短篇《月龄》的段落。开朗的小姑娘莞尔一笑,在她的背后,是四年前的大地震时,"养鱼场鳞浪层层,业火烧热了水,满池游鱼皆化作轻烟"这一发生在现实中的惨剧,山尾悠子年轻时,可以依循写作这一行为的欲望本身,将踌躇和羞耻心愉快地扔到一旁,让小说迎来令观者鼻酸的结局。

"比如在这里,你们与我没有半分相似,这便是年轻写手竭尽全力的主张。"

虽说那时不过是脱口而出,从多年后的今天来推断,昂扬的口吻中不逊地指出的"你们"究竟是什么(或说是谁),又比如,这和"我与你们没有半分相似"之间又有什么区别?与我没有半分相似的你们,像是指在谈论我的小说的人们,自然,"你们"并非存在于山尾悠子小说中的几个出生地(也可以称之为影响或是引用)——即书的言语空间中的作者们。

写文章本身，难道不正是在追认"有人曾对我说／世界由语言构成"（《远近法·补遗》）一语吗？

较之一位作者写过的文字，自然读过的更多，身为读者，我们可以在一册书的背后看到由几册书和多位作者的语言创造的世界的影子。

不过是夸耀阅读量的愚蠢行径，或是将其与不相干的书联系起来探讨，反而压缩了作品世界，这些都是人们常犯的错误，比如《山尾悠子作品集成》（国书刊行会）诚恳的解说者（石堂蓝）曾引用将山尾的《假面物语》与石川淳[①]的《狂风记》比较的《朝日新闻》的文艺时评（一九八〇年三月二十五日晚报），那是井上厦的文章（"这是有雕刻'灵魂的面孔'之才的年轻人善助的（略）变身物语"）。依我看来，不如说这个雕刻假面的男人身上，残存着国枝史郎[②]的《神州纐缬城》中的女能面师月子的面影，作品中，为净身而淋水的月子，自然是希腊神话中沐浴的狄安娜。

说不定有人真的目睹了作为影像存在的幻想，如荷尔德林、奈瓦尔等诗人，而大抵上，人们都通过书籍来体验那种疯癫与幻想，从语言的性质上来讲，人们可以由此过

[①]石川淳（1899—1987），日本小说家、文艺评论家、翻译家。
[②]国枝史郎（1887—1943），日本小说家。作品多为怪奇、幻想、耽美系传奇小说和推理小说。

上增殖的生命，阅读中会屡屡遇上从即将被人遗忘的记忆的水面下的、柔软的泥淖浮上来的感触。

当然，小说不只是由华丽且富有诗意的、疯癫而幻想的语言构成，也有细微而日常的、在如今却已被人们遗忘的小道具，它们如刺穿了世界的细小孔洞般登场，揭示出世界的丰饶。

比如，《飞翔的孔雀》中，火已不复存在的世界中的"火种小贩"。在这部被认定隶属于幻想小说这一类型文学的作品中，用在极为普通的时间和空间中讲述故事的口吻，谈论在"角落里还摆了一台自动贩卖机的烟草铺"中，贩卖放进便携式分装容器的火种。那不就是"在木炭粉末里混入保温性强的茄子茎和桐木灰、让它们在有通气孔的金属容器内燃烧的怀炉，或是白金触媒式怀炉"吗？——当有人（当然，都是古稀之人。我也清楚记得那一类小怀炉）这样说的时候，我暗想，那是我的祖母一代喜爱的、精致得就像收纳点茶道具的口袋般的火种袋，才想着，"一条古怪的黑狗正以叼着火种逃跑的姿势静止在原地"，空间发生了弯折，读者在没有目的地的地点迷失了方向，那原本是一条古怪的黑狗，却在不觉间走进不知是山顶的工场还是研究所的地方，在具体情况不明的设施中，化身为"宿舍楼里一条美丽的狗"，它居住在这里，对真实身份可疑、手臂受伤的Q的散步邀请，矜持地予以拒绝。

　　凝练的影像与描写的片段，没有用每一个读者都能最终认同，心情舒畅地迎来结尾的方式来讲述故事，不知那是幽默，还是作者抱有强烈兴趣的恶趣味，那些稍显执拗的画面，无视了"饭要吃八分饱"的健康习惯的山尾世界，即便交由作者本人来谈论，或许也会有棘手之感。自作解说中山尾一面提起《睡美人》，一面引用涩泽龙彦在幻想文学新人奖的评语中使用的"几何学精神"一语，说在篇幅仅有五张稿纸的《睡美人》中，倘若有什么值得留意之处，那便是"形成骨骼的（无疑是浓厚的）几何学精神，我暗忖，只是不知事实是否如此"，小说的开头——"世界的中心有一片平坦大陆，中心是白百合盛绽的台地，台地中心是大理石石坛和玻璃棺柩，里面有一位年轻的美人正在沉睡"，这种情景正是在米歇尔·福柯探讨福楼拜、乔伊斯、博尔赫斯的著作《幻想图书馆》中引用的《圣安东尼的诱惑》那对于隐者居所的戏剧旁白式说明，"在某座山峰的峰顶，有一个巨石环绕的半月形舞台"，那是书中描绘的情景、作为舞台装置出现的情景。对山尾悠子而言，与空洞、螺旋、香肠的形态重合的剧场空间，她都了如指掌，小说就如同在那里上演的戏剧，身上布满鳞片的大蛇和有着蔷薇色大腿的舞女们，用我喜欢的说法，仿佛让我梦见好莱坞魔法师之一巴斯比·伯克利的几何学人类万花筒的群舞。在《飞翔的孔雀》对坐拥四万坪用地的Q庭园中举行茶会的一节描写中，名为"波栅"的竹子工艺品的半圆彼此重合，化作律动的行列，形成草坪上的迷宫，更有"野点伞和大量帐篷交织在一起，构成一幅绝无仅有的荒唐景象"的奇妙，或说是阴森的哑然之感，难道不会叫人想起前卫艺术家克里斯托试图在日本田园安置大量雨伞的雨伞计划吗？

所以，即便被问起这又如何，我也没有打算作答，数十年后，无意间，我重读石川淳的随笔（涩泽龙彦编《石川淳随笔集》平凡社），为石川淳文章的气势折服，想趁势再读些小说，在久违地接触石川那独特的文体后，我显然能从山尾悠子的文体中窥见石川淳对其的影响。如同前文所述，井上厦似乎读到了内容上的相似，但不仅在内容上，也在堪称斩断了下笔时的羞耻这一文体形式上——

作为山尾悠子的新读者，我要从歌集《方糖之日》援引一句和歌。

于日落时分的市街放鹰，直至红宝石的夜色将尽，水路未消。

将这句和歌与石川的《鹰》开头处的"在此处被开辟的丰沛水域，应当称之为运河"联系起来，再去思考孔雀的空间，会想起在《山尾悠子作品集成》的解说中引用的，《梦栖街》于一九七八年出版时的书评。其中写到，华丽的映像会使人联想到稻垣足穗，而"口吻比足穗更成熟，凛然的态度不像是出自年轻女性之手，讥讽的幽默和俊逸的观念性都与安部公房类似"，却不知为何闭口不谈远处的石川淳，不免令我感到焦急（或许有人会认为，这不过是对年轻女性滑稽的自卑，但我并不想说 Me too 一类）。

虽说我才疏学浅，不知石川淳写过什么与镜花有关的文章，但在这里我想通过波斯菊将二位小说家联系起来。

镜花在《深川浅景》中写道，深川那些大地震灾害痕迹尚存的房屋"寸草不生、便门也是一片光秃秃的景象"，但"家家户户"无不栽花，"……这样讲虽稍显失礼，也有长在残缺的研钵里的松叶牡丹和蜜柑箱子里的波斯菊，待夏日过半，秋日已至，水桶、洗脸盆、砧板、舀子的长把上一定都会挂满朝颜花的藤蔓，家家户户的后院一定也开满了衣带般的野花，白露如细线交织其中。"

石川淳曾写过自己幼时目睹的浅草一带，"向岛的河堤对面仍留有一块田地"，虽称不上是花园大小，但一年四季时时栽培花卉树木。西洋花草居多，"大丽花、三色堇、蔷薇少许、合欢树、橡树类"当中，最醒目的便是"熠熠闪光的白杨树尽头，在风中摇曳、开得正烂漫的一丛波斯菊。无愧为绝景。"在此类简短说明的后面，却有一个瑰丽无比的结尾。

"我在浅草的喧闹地带徘徊过后,常常来到这一丛波斯菊面前,疲劳、兴奋、饥渴、快乐,小鬼独有的哀欢,就像将宝物埋进土里,或是烧些零碎东西,我将它们通通丢进我的'西洋'里。我的梦恐怕就是在那里生根发芽。弃子的梦是火的梦。我烧毁的难道不是'文学'吗?我想。"(摘自《新潮日本文学》33《石川淳集》别册·一九七二年九月)

这篇文章的题目就如同您的推想,是《波斯菊之梦》。

深川的蜜柑箱里的波斯菊(也有附庸风雅之士将它写作"秋樱",镜花则用片假名写作コスモス)固然惹人怀念,而在风中摇曳、开得正烂漫(大抵上是白花中掺杂些粉花)的波斯菊却更摄人心魄。当然,那是宇宙①。是秩序井然的庞大体系。

读者翻动眼前书页,面对山尾悠子的宇宙,用石川淳风的用语来讲,只要用心耽读便是。

---

①波斯菊隶属于菊科,属名 Cosmos 源于希腊语 κόσμος,意为秩序、饰物、宇宙。

泉镜花文学奖　获奖纪念演讲

今天，我荣幸地被授予第四十六届泉镜花文学奖这样崇高的荣誉，我不胜惶恐，同时也感激不尽。实际上，这是我第一次在这么多听众面前演讲。多年来一起工作的编辑问我："三十分钟可是很长呢，真的没关系吗？"大家似乎都十分担忧，但我想我会尽力而为。

正如方才的介绍中讲过的那样，我曾在同志社大学文学部主修国文，毕业论文选择了写泉镜花。我一九七三年入学，写毕业论文是在一九七六年前后，已经是悠久的往事了。大学四年级学生的国文研究会是在同志社的克拉克纪念馆——一座颇有风情的古老洋馆举行。实际上我直到最近才欣喜地发现，在那座洋馆里，发生了一段让我与今天这个地方结缘的故事，所以也想讲讲这个故事。

对于那些完全不了解我，第一次阅读《飞翔的孔雀》的读者们来说，他们可能会感到困惑，不知道这究竟是什么故事。这部小说难以理解，充满晦涩之处，读者很难抓住主人公是谁，也很难理解故事的情节。我写了一本非常奇特的小说，人们或许会好奇为什么我会写出这样的作品。从我刚开始写作的那个阶段的故事开始讲起，或许这样一来大家就能明白其中的一些含义了。

我最初开始写小说，刚好是在四月进入同志社的时候。那时我投稿了科幻专门杂志的科幻征文比赛。高中时代文艺部的前辈中有一位狂热的科幻迷，借来大量科幻杂志让我阅读，我也从中得知了当时正在举办新人奖的事。进入同志社，从冈山的乡下第一次来到京都，我想了解京都这座城市，于是就走进了书店。久违地拿起科幻杂志，"哎呀，在举办征文比赛"。那时刚刚进入大学，我还没有什么朋友，在那个忙忙碌碌，似乎又无所事事，给人以不可思议感触的时节，我突然想到，四月末是截止期，我应该也可以去投稿。这次投稿就是我出生以来第一次写小说的契机。

那时候它一直留到最终审核，也在那里画上句点，过了两年，没有料想到它竟成为铅字。在那时，昭和四十八年或五十年前后与今天截然不同，当时完全不是年轻的女性作家云集的世界。尤其是科幻的世界，就连一位女性写手也没有，是个不可思议的世界。当时，铃木泉对科幻表示了自己的兴趣，因为和眉村卓的缘分，我和铃木泉的作品很突然地刊登在《女流作家特集》这本特集号上，从那时起，我和科幻杂志的缘分就开始了。

写作的时候，想到因为是科幻征文比赛，所以非得是科幻才行，所以就写了有外星人登场的小说。它突然成为铅字，编辑对我说："今后也请写点什么给我看。"那时大学三年级的我欢欣雀跃，说等我再写了小说，一定给你看。只是那时我在思考，若是由我来写小说的话，是不是也可以写不是科幻题材的小说？

那时摆在冈山的乡下书店里的书，和京都的书店里的书截然不同。在这里，我遇到了自出生以来第一次遇到的作家们，也与涩泽龙彦相遇，虽然金井美惠子的作品我从高中时代就开始读，但大学去了京都以后，我接触了全新的世界。被专业的编辑说"请写小说给我看"的我，和刚刚入学的我之间，也有着明显的不同。

我写了新的小说，那是一部怎样的小说呢？我在其他地方也写过这件事，当时我对金井美惠子非常沉迷。《春画馆》这部散文诗集十分美妙，"城馆有主人"这不可思议的一句为我留下深刻的印象，我也想写这样的小说，于是就写了《梦栖街》，这一发生在完全架空的世界里的故事。我想它才是我实质的处女作。

它刊登在科幻杂志上，安部公房碰巧读到它，似乎对此很欣赏，于是我接到了纯文学杂志的联络，"有安部先生介绍，请您写点什么"。从来没有读过纯文学杂志的我吃惊地飞奔去书店，翻开书，当时大概是私小说的全盛期，我被召集去了本不该去的世界。在百般困惑中，我还是姑且写了东西送过去，遗憾的是，对方对我的作品没有什么兴趣，缘分就在那里断了，自那时起，我就一直在科幻的世界里写作。

然后，我结婚了，怀了孩子之后还哪里谈得上写作，停下写作后，不知不觉间，就被当作是休业的、不再写作的作家了。虽然出现了二十多年的空白，但我偶然收到联络，在二〇〇〇年出版了《山尾悠子作品集成》，得以将年轻时写的东西辑录成一册书，我就在那里再度启程。一直承蒙国书刊行会的照顾的我稍微脱离了科幻的世界，在幻想小说书系里开展活动。

所以纯文学一如既往地在我的意识之外，只是偶然收到了联络，在《文学界》上写下的，就是《飞翔的孔雀》。我自己也不知道它是否是纯文学作品。"你写的小说属于什么类型呢？"像这样的问题会十分令我困扰。在科幻的领域写作却不是科学虚构，对纯文学也没有意识，我过去写作时曾想它们是奇幻作品，可我却没有写过像《地海战记》《哈利·波特》《指环王》那样的小说。所以那又是什么呢？那大概是幻想小说，如今的我无意间会这样回答。就是这样的人，写了《飞翔的孔雀》这部奇妙的小说。

毕业论文写了镜花

那么接下来，我想说说和泉镜花相关的故事。

泉镜花奖的第一位获奖者是半村良，在昭和四十八年。眉村卓和筒井康隆也曾拿过该奖，在科幻领域看来，镜花奖也是耳熟能详的文学奖。总而言之，是我憧憬的作家们接连拿过的奖项，这种印象自从前起就很强烈。中井英夫、森茉莉、高桥和子、金井美惠子和涩泽、日野启三、赤江瀑、仓桥由美子，净是只说出名字就已令人目眩的作家，我憧憬着在某一天可以与他们同列。如今，我年过花甲，得到这样的奖项，我由衷觉得自己可以坚持到现在真好。实在不胜感激。

我今天想谈谈泉镜花和同志社克拉克纪念馆的关联，请帮我投影照片。

从远处眺望克拉克纪念馆，大概是这样的感触。它似乎是德国新哥特样式。一进正门便映入眼帘的这座小小的建筑，似乎成为同志社今出川校区的象征。从高处俯瞰大概是这样。我想看到它就会明白，这座建筑的特征是小巧。当时一楼是事务所，二楼作为教室使用，教室只有三四间，也不算宽敞，还矗立着标志性的塔楼。二楼的教室，当时只有四年级的研究会使用。所以在同志社中，可以走进这里听讲的只有国文的高年级学生，于是我心中总充满了特权意识，从入口走进去时，也怀着骄矜羞怯的心情。

泉镜花从前给人的印象向来是新派的古色古香的作家，以昭和四十年代的《别册现代诗手帖》的特集为开端，正是对他重估的时期。今天，我也把它带到这里，卷头是《水中花变幻》（种村季弘），接着是《从寒霙至涨水》（天泽退二郎），铮铮论客纷纷撰稿。那时人们开始主张泉镜花并非仅是一位古色古香的作家，还是具有特殊魅力的作家。胁明子的研究专著《幻想的逻辑》也是划时代的作品，我在当时受到了其很大影响。

我的毕业论文选择了写《女仙前记》《惜别川》和《由缘女》。泉镜花在孩童时期失去了母亲，这使他对母性怀有强烈的憧憬。在小说中，向河流的上游探寻，便会来到荒村般的不可思议的空间，在那里有母性特质、具有古怪魅力的女性，主人公与她们相遇。具备这样的特征的小说意外地有很多。我找出几篇具备这个模式的作品，总结成我的论文，但直截了当地讲，那是在复制胁明子，没有写出什么新的观点。

对今天的演讲感到万分担忧的国书刊行会负责人说，他找到了很好的资料，请我来讲讲它，寄给我的资料是桑原茂夫的个人杂志《月明》。岩波的《泉镜花全集》在某个时期曾一度绝版，那么为何不出版选集呢？于是就有了这样的议论。编者是涩泽龙彦和种村季弘二人，已经进行了多次编辑会议，但岩波突然决定复刊，选集的事就付之东流，但那时涩泽选编的泉镜花作品目录在桑原手里，杂志内容便是他对此的介绍。

涩泽挑选的泉镜花作品，我大致可以想象出它的失衡，有新派的感触、陈旧的感觉的作品当然都没有入选。理所当然地非常偏重幻想小说系。《春昼》《春昼后刻》《草迷宫》《沼夫人》《藏眉之灵》《居住在贝穴里的河童的故事》等，可以称得上是名作云集，并且它的特征在于，初期作品里也有许多篇入选。特别是《泉镜花全集》的第三卷和第四卷，有半数以上的作品入选。

此外，还有几篇单薄的小品，它们的入选令人感到意外。有一篇题为《不在家的人》，我也无法很快回忆起内容，就去翻阅了全集。有一位年纪轻轻便失去了丈夫的孀妇，被人询问起丈夫的事时，总是流露出些微的困惑，"他现在不在家里"，惹人怜爱的神态令表弟的学生感到亲切，就是这样一篇可有可无的小品。

这样的小说被选中，令我感到十分不可思议，初遇泉镜花，是在我还是高中生的时候，父亲刚好在读镜花，所以家里有全集的前五卷，阅读后我也深深迷恋着镜花的初期作品。泉镜花的作品卷帙浩繁，在有名的诸作以外，也有许多令人印象深刻的小品。看着涩泽选择的诸作品，我想他说不定也有同样的迷恋和嗜好。

尤为喜爱的《山中哲学》

虽然没有入选，我一直以来尤为喜爱的是第三卷中的《山中哲学》——这个题目我直至今日都深信它读作"さんちゅうてつがく（santyūtetugaku）"，也说不定它应该读作"やまなかてつがく（yamanaketugaku）"。镜花的小说正文都有注音，只有题目没有注音，有很多不知道该如何读的题目。《草迷宫》有时读作"そうめいきゅう（sōmeikyū）"，《X螳螂鯸铁道》我则长年认为它读作"Xとうろうふぐてつどう（X tōrōhugutetudō）"，刚刚在等候室里说起这件事，有人告诉我，"它读作X かまきりふぐてつどう（X kamakirihugutetudō）"，令我大吃一惊。

我喜欢泉镜花的结尾方式。它或许与如今的小说的感觉不同，我非常喜爱《山中哲学》的结尾。它是篇幅很短的小说，我想讲讲这个故事。

在越前之国的福井，在跨越深山大雪的险要之地的道路上，有一条新挖的隧道。故事发生在初雪纷纷，即将入冬的时节，不久后雪便会越积越厚，这里将无法通过。率先通过的是一位盲人按摩师。隧道入口附近有一间供人歇脚的茶屋，在那里聚集了许多聊天的客人。按摩师通过后，这回又来了一位技师。技师在泉镜花的作品中是掌握专门知识的存在，是极为特殊的知识分子，拥有堪比神明的慧眼。这位技师走上前,看了一眼隧道,一语道破:"啊啊,这实在是险境,危险,不可通过。"

他回到歇脚的茶屋,说道:"大家,那个地方不能通过。"而其他人却答道:"不会的,虽说隧道建成已有七八年,但直至今日大家都能安然无恙地通过,大抵上不会有事。"技师说:"那是用铁板阻塞河流,在水漫过它之前,一时打通的隧道,太过勉强了。而如今,铁板上很快就会溢出水了。"无论如何自己绝不会通过这样的地方,他主张从海上坐船绕路更妥当,茶屋的人们忙阻止道,暴风雨天气里乘船更危险。

那时又来了一位不可思议的人物。那是坐在轿子里的一位小姑娘,已嫁作人妻。欲在此处稍作休憩,便从轿中下来。那是位裹着头巾,气质高贵的美人。她一听说不久前有位按摩师通过后,便说,"啊,我无法通过那里,先在这里小憩。"

在泉镜花的世界中,盲人按摩师是有几分古怪的形象,时而是凶兆的象征,时而是妖魔缠身、令人困扰的存在。这位小姑娘似乎也有什么缘故,踟蹰着想通过隧道。

这位小姑娘也来到歇脚的茶屋,与技师偶然相遇,这二人似是旧识,小姑娘连忙搭话,"三先生",技师面色骤然一变,旁人也被卷入其中,"隧道是险要之处,危险,无法通过",然而小姑娘有无论如何也要通过隧道的隐情,

再三犹豫后,她对技师说:

"您不急吗?"
"我也有要紧的事。"
"那我们走吧。"信乃似乎坚定了意志。

于是技师这样说。

技师面色骤变,呼吸极为痛苦,口吻凝重,
"我们走吧。"说罢,脸色变得苍白。

于是不知有什么因缘的二人,决意一同通过隧道。
其后,故事一转为抬着轿的人和周围的人们交谈的场景。那个技师和那位小姑娘有几分可疑。究竟是怎样的因缘,使在隧道相遇的二人需要通过那里?我们先不一同前去,先在这里观望着,在那二人平安无事地通过之前,我们先原地观察状况。我可以朗读最后的场景吗?

走在最前面的掌柜弯下腰,窥视隧道内部。二人停在三十五间的漆黑洞穴的接近中间的位置。
身披薄紫色披巾的背影,如今在一团光晕中隐约可见。人偶般大小的头部上方,左右的山崖因含有水汽而变得漆黑，而当光线射进来时，却在闪光。脚和雪面均因岩石上的水滴滴落变得苍蓝，他们飞快地前行。藤色的头巾轻微泛黑，是因紧贴着胸膛的纤细的手，正抱着自己的肩膀。技师轻摇松明，高高悬于头顶。火映在岩石上时，乌黑的外套也挺得笔直，如今他正举起松明回望洞穴西面的入口。薄紫色披巾、藤色的头巾和黑色外套融为一体的身影清晰可见，举起松明后回首的技师面如土色。正窥看时，一列七人的男人如同被面向皑皑积雪的巨炮炮口射中，在巨响中被抛出，周围一片混乱。

山色幽暗，传来尖锐的鸡鸣。

小说就在此处结尾。隧道似乎真的坍塌了。

自从我高中时读过《山中哲学》，这个结尾就为我留下深刻的印象。泉镜花没有拖沓地写山崩后的诸多事态。故事结束在山色晦蒙，众鸟齐鸣的场景。泉镜花另有许多令人印象深刻的结尾，只要决定了结尾，中途多少有些晦涩也无妨，我自己似乎也被灌输了这样的想法，但我不应该将镜花与自己混为一谈。我认为镜花是真正出色的作家。

安永研究会的缘分

回到克拉克馆的话题，我写了一篇关于泉镜花的毕业论文。我当时在安永武人先生的研究会里，比我高一个年级的一位前辈也选择了镜花作为毕业论文的研究课题，并留在了研究生院。在当时的大学生眼中，研究生院的前辈是非常令人敬畏的存在。有一次，不知是课前还是课后，我坐在座位上，那位前辈似乎有什么事情要找安永教授商量，于是走到讲坛前，和教授交谈。突然间，安永教授指着我说："今年要研究泉镜花的就是这个孩子。"于是，那位大学院的学长转过头来看向我。

我瞬间觉得"不妙"，低下了头。那个人正是田中励仪先生。如今的同志社大学文学部教授，泉镜花研究会的重要成员。我得知这件事，大约是在两年前。说到田中励仪先生，他近来编辑了国书刊行会的《初稿·山海评判记》，明明我们已通过书籍熟稔，但那时的我还不知道，他就是那个时候的研究生院学生。

实际上，除了田中励仪先生，我在两年前突然发现，还有其他有关安永研究会的缘分，契机是诗人高柳诚送来的一本出色的《高柳诚诗集成》。我知道高柳诚在同志社的文学部，是主修国文的前辈，寄出谢函后，几番来信去信之间，我得知他与我同样隶属安永研究会，于是开始交流。

与此同时，我还厘清了我与时里二郎的缘分。在幻想小说界的人看来，高柳诚写出了令人有亲近感的诗，时里二郎也是这一体系的诗人。实际上，在育儿期间，曾有一次，我收到时里二郎寄来的书。读过后觉得他是与自己相似的人种，因此留下很深的印象。但当时我在休业，用山尾悠子的名字写回信令我胆怯，虽显失礼，当时我选择了保持沉默。但他是我一直在意的存在。

后来，我发现高柳诚和时里二郎似乎在一起工作，时里二郎也是同志社文学部的成员。"你们莫非在那时起便是友人？"我问高柳前辈，"时里和我学年相同，我们是朋友。"毕竟当时的学籍号顺序是假名顺序，高柳与时里很近。他说起"因为学籍号很近，进入同志社后就互相说话，从那时起我们就成了朋友。"我感到了很深的缘分。二人在这个建筑物里一同上课，执笔毕业论文。高柳前辈在安永研究会写了有关三岛由纪夫的毕业论文，时里二郎在其他的研究会，研究源氏等古典。这二人在这座建筑物里渐渐熟悉，给我带来"萌建筑"般的感触，我深受感动。

无论如何，高柳诚和时里二郎的名字的搭配非常好。如果是田中和富田，说不定印象就不会那么深了（笑）。

克拉克馆的楼梯素描

楼梯的照片出现在投影上了吗？

楼梯位于从正面走进后便能看到的地方。分为左右两侧，直至正中央的平台，在那里楼梯转了一八〇度通向二层。这里是二层。虽然同志社大学中还有其他美妙的砖瓦建筑，但对于在里面上课的人而言，对这座楼梯的感情是特别的。

我实在喜爱这座楼梯，如果当时的我有手机，我一定要拍上许多照片，才会心满意足，但我没有手机，所以我做了什么呢，我先在大学的笔记本里素描。在那以后，我尝试使用语言和文章来表达它，将不可思议的构造用文章传达给别人。

楼梯从左右两侧通向上方，发生弯折，在正中心合流后抵达平台，在那里转一八〇度，中间的楼梯通往二楼，我就像这样，用语言和文章向人们传达它的构造。如果文章本身读来也有魅力，就更为理想了。我想，说不定它成了我的文章修行的材料之一，它就是如此令我喜爱的楼梯。虽然只有五张稿纸左右，以这座克拉克馆为舞台，我写了简短的素描风格的小说，想在最后朗读它。

题目是帅气的《天使论》，这个题目是我厚脸皮借用了舞踏家笠井叡的著名著作《天使论》的题目。二十几岁时写的东西令人十分害羞，当时我沉迷涩泽，雌雄同体和天使我都非常喜欢。通过涩泽的介绍，我了解到巴尔扎克的小说《塞拉斐塔》，翻译很难入手，我因此未能入手。无法读到的小说更令人感到魅力。它记录下我在大学四年级时的生活，就是这样一篇素描风格的小说。

***

从大学正门穿过苍郁的绿荫，通往神学部馆前的小径，是麻也子喜爱的道路。年代悠久的红砖建筑物是学生科的事务所，这一区域临近御所的森林，鸽子成群。

隔了一条车道的对面是男生宿舍，粉色砖瓦的三层洋馆坐拥着种植了柏木与高丽芝的美丽庭院，远远地可以望见涂了白漆的屋顶窗排成一列的潇洒姿态。背后是S**寺的土地。

和洋折中、明治的哥特罗曼的光景在大学校园里随处可见，比如国文的学生，可以一边透过明治的砖瓦窗俯瞰后院的茶室，一边阅读西鹤与秋成。神学馆北端，这里是麻也子每周通过四回的小径的尽头。二层建筑物的那座C**馆坐拥高耸的青铜圆屋顶的塔楼，是国文专用的，一楼的三个房间是学科的事务所，二层的五个房间充当研究会的教室。在这个奇妙的构造中，玄关大厅与两翼的楼梯、阁楼的平台填满了不实用的空间。

顶端圆匀的细长窗户，与透着昔日风情的厚厚的红砖瓦相映成趣，甚是美丽。在玄关附近留下亭亭树影的是高耸的樟树。

稀松平常地，这里也流传着被称为大学七大不可思议的怪谈。诸如在某月某日的深夜，手持蜡烛登上楼梯，就会出现在塔的四楼这类故事。关于事情原委未能流传到今日，什么嘛，原来这么无聊，这令听故事的麻也子感到失望。

和F第一次搭话，是在这座C**馆的近现代研究会上。

"——我妹妹呢。"

F说起那个故事，是在麻也子先前一次也没有走进过的、大学街道附近的咖啡店，中午之前，在闲散的桌子中的一张，她们相对而坐，无法掩饰住内心骚动的麻也子不由得面色红润。略微修饰过的手指挟着烟草，F在那一天不过是说了些漫无边际的话，麻也子只记得F说起她在高中运动部的妹妹的事。

——她就像动物一样。不知道在想些什么。令人不快，F说道。

"昨天她闷不作声走进我的房间，我想她究竟在做什么，就回过头去，看到她在地板上睡觉。我一时生气就踢了她，她一言不发地抱紧我——"

然后就扭打成一团，F说道。

和F一起喝茶就只有那一次。她也每周去四回C**馆的研究会。

那一年，麻也子热衷于一些事物。她注视着骨骼分明、如同雕塑般锐利的F的面孔，或是楼梯——的确，在C**馆最美的是楼梯，无论画多少次素描她都不会厌倦。从二楼走到平台，扶手的镂刻精巧细致，楼梯在那里分别向两翼张开,左右对称地弯折一八〇度,抵达苍郁的玄关大厅。从阁楼的地板一直延伸到通风口天井的狭长窗户、露台和从缝隙中落下些阳光的樟树。

此外,出于好奇心,她在断断续续地翻译在当时译作难以入手的巴尔扎克的 Séraphîta,在为北欧神秘哲学的发展而头昏脑涨时,她常常凝望着那扇大窗。雌雄同体的天使塞拉斐塔·塞拉斐蒂斯,畸形天使的形象不知从何时起,与这座楼梯的窗户的光景重叠。

F从这座楼梯跌落,摔伤了膝盖,流了很多血的小事件也发生在那个时候。没能亲临现场的麻也子,在后来听说这件事时,她因后悔而几乎大脑充血。她多么想目睹那个场景啊——

后来她去看了现场,木制地板没有留下一滴血的痕迹。

……

那一夜拂晓,青年的天使来到麻也子的梦中。在樟树粗壮的枝叶间,悠悠地曳着白衣飘浮,麻也子透过窗子注视,青年面孔的天使用美丽的手指做出手势,似乎在讲述着什么,可是,不能被脸庞欺骗。

仔细观察,便会发现白衣的裙裾在滴血,所以,他是女人。

* * *

在二十岁出头的年少，我写了这样的小说。

关于泉镜花的故事，我不知讲得如何，总之，我们就在那里结下缘分，我与高柳诚前辈和时里二郎前辈都在此后取得联络，我一不留神说出"对我来说，您们二位是萌建筑"。时里前辈一定认为我是个笨蛋后辈。至于与田中励仪先生，在那以后，过了一年左右，我收到为泉镜花研究会撰稿的联络。"在安永研究会那个时候在场的大学院的学生，不会就是田中励仪先生您吧？"我询问道，他说"那正是我"，缘分就这样连接起来。像我这样的人可以站在这样的场合，我想说不定是因为与各方的人们的缘分。

实话说，曾有一个时期我一直在考虑，国书刊行会的负责人若是退休，我想我也到了该闭店的年龄，然而，出乎意料地，我写下《飞翔的孔雀》这样一部奇妙的小说，又在出色的各位获奖者的末尾留下自己的名字，我想我不该在这里停下脚步。坦率来讲，在心情上，自己也还未能以十足的自信把作品拿到世人面前，为了某天可以真正挺起胸膛，写出自己的自信之作，写出想给大家过目的小说，今后我也会继续写下去。今天真的感激不尽。

第46届镜花文学奖颁奖仪式

时间 2018年10月21日（星期日）15~17时

会场 金泽市民艺术村

TOBU KUJAKU by YAMAO Yuko
Copyright © 2018 YAMAO Yuko
All rights reserved.
Original Japanese edition published by Bungeishunju Ltd., in 2018.
Chinese (in simplified character only) translation rights in PRC reserved by New Star Press Co., Ltd., under the license granted by YAMAO Yuko arranged with Bungeishunju Ltd., Japan through East West Culture & Media Co., Ltd., Japan.
Simplified Chinese edition copyright: 2023 New Star Press Co., Ltd.

图书在版编目（CIP）数据

飞翔的孔雀 /（日）山尾悠子著；玉蟲译. —— 北京：新星出版社，2023.12
ISBN 978-7-5133-5369-4

Ⅰ. ①飞… Ⅱ. ①山… ②玉… Ⅲ. ①长篇小说 - 日本 - 现代 Ⅳ. ① I313.45

中国国家版本馆 CIP 数据核字 (2023) 第 212973 号

飞翔的孔雀

[日] 山尾悠子 著；玉蟲 译

责任编辑	吴燕慧	监　　制	黄艳
责任校对	刘 义	责任印制	李珊珊
封面设计	冷暖儿		

出 版 人	马汝军
出版发行	新星出版社
	（北京市西城区车公庄大街丙 3 号楼 8001　100044）
网　　址	www.newstarpress.com
法律顾问	北京市岳成律师事务所
印　　刷	北京美图印务有限公司
开　　本	787mm×1092mm　1/32
印　　张	9
字　　数	158 千字
版　　次	2023 年 12 月第 1 版　2023 年 12 月第 1 次印刷
书　　号	ISBN 978-7-5133-5369-4
定　　价	56.00 元

版权专有，侵权必究。如有印装错误，请与出版社联系。
总机：010-88310888　传真：010-65270449　销售中心：010-88310811